옹플뢰르에 머물며 자연을 주제로 한 인상주의 화 갔다. 1874년 파리로 돌아온 모네는 바지유와 함께 작 련하여, '화가·조각가·판화가·무명예술가 협회전'을 개최하고 여기에 12점의 작품을 출품하여 호평을 받았다. 출품된 작품 중 〈인상·일출(Impression, Soleil Levant)〉이라는 작품의 제목에서, '인상파'라는 이름이 모네를 중심으로 한 화가집단에 붙여졌다. 이후 1886년까지 8회 계속된 인상파전에 5회에 걸쳐 많은 작품을 출품하여 대표적 지도자로 위치를 굳혔다. 한편 1878년에는 센 강변의 베퇴유, 1883년에는 지베르니로 주거를 옮겨 작품을 제작하였고, 만년에는 저택 내 넓은 연못에 떠 있는 연꽃을 그리는 데 몰두하였다. 자연을 감싼 미묘한 대기의 뉘앙스나 빛을 받고 변화하는 풍경의 순간적 양상을 그려내려는 그의 의도는 〈루앙대성당〉 〈수련(睡蓮)〉 등에서 보듯이 동일 주제를 아침, 낮, 저녁으로 시간에 따라 연작한 태도에서도 충분히 엿볼 수 있다. 이 밖에 〈소풍〉 〈강〉 등의 작품도 유명하다. 말년에는 백내장으로 고통 받았으나 이로 인해 더 따뜻하고 붉은 색조가 그의 그림에 나타나게 되었고, 세부 표현이 더 흐릿해지며 추상적인 느낌이 강해졌다. 1926년 12월 5일, 86세의 나이로 세상을 떠났다.

2월 화가 **에곤 실레**

Egon Schiele. 1890~1918. 오스트리아의 화가. 클림트의 표현주의적인 스타일을 발전시켰다. 공포와 불안에 떠는 인간의 육체를 묘사하고, 성적인 욕망을 주제로 다루어 20세기 초, 빈에서 커다란 논란을 일으켰다. 〈죽음과 소녀(Death and Girl)〉는 실레의 걸작 중 하나로 꼽힌다. 구스타프 클림트의 친구이자 피후견인이었던 에곤 실레는 클림트의 표현주의적인 선들을 더욱 발전시켜 공포와 불안에 떠는 인간의 육체를 묘사하고, 자신의 성적인 욕망을 주제로 다뤘다. 빈 공간을 배경으로 툭툭 튀어나온 뼈가 도드라져 보일 정도로 앙상하게 마르고 고통스러운 모습을 한 실레의 자화상은 고뇌하는 미술가의 전형을 보여주는 듯하다. 한편 실레의 도시 풍경화들은 역동적이며, 인파로 넘쳐나는 도시 모습의 이면에는 어떤 긴장감이 감춰져 있음에도 불구하고 묘한 매력을 지니고 있다. 그가 그린 초상화들은 감정이입의 표현이 훌륭하며, 가장 뛰어난 초상화 작품들에 속한다. 에디트 하름스와 결혼한 후에는 훨씬 더 안정된 삶을 살게 되었다. 실레는 빈 분리파에서 엄청난 성공을 거두었으며, 그해에 사망한 클림트의 자리를 이어받았다. 이 시기에 그는 곧 태어날 아기를 기다리며 아버지가 된다는 기대감으로 〈가족(The Family)〉(1918)을 완성했다. 새롭게 발견한 희망을 보여주는 듯한 이 작품에서 실레와 아내, 아이는 모두 나체로 묘사되어 있으며 특히 인물들의 행복한 표정이 눈에 띈다. 하지만 같은 해 10월, 실레의 아내는 당시 유럽을 휩쓸던 스페인 독감에 걸려 사망했고, 아내와 뱃속의 아기를 잃고 슬퍼하던 실레도 스페인 독감으로 3일 뒤에 세상을 떠났다.

열두 개의 달 시화집
겨울 필사노트

■ 일러두기

시인 고유의 필치(筆致)를 살리기 위해 표기와 맞춤법은 되도록 초판본을 따랐습니다.

열두 개의 달 시화집
겨울 필사노트

윤동주 외 31명 글

칼 라르손 · 클로드 모네 · 에곤 실레 그림

저녁달

차 례

1장 편편이 흩날리는 저 눈송이처럼 with 칼 라르손

2장 지난밤에 눈이 소오복이 왔네 with 클로드 모네

3장 나는 내 슬픔과 어리석음에 눌리어 with 에곤 실레

1장.

편편이 흩날리는 저 눈송이처럼

시인 윤동주
백석
김영랑
김상용
노자영
박용철
심훈
이상화
이용악
이병각
장정심
라이너 마리아 릴케
마쓰오 바쇼
요사 부손
이케니시 곤스이
한용운
허민
황석우

화가 칼 라르손

1장에서 함께하는 화가

칼 라르손 Carl Larsson

1853~1919. 스웨덴의 사실주의 화가이자 인테리어 디자이너. 스톡홀름에서 태어났으며 집안이 매우 가난하여 불우한 어린 시절을 보냈다. 열세 살 때 학교 선생님의 설득으로 스톡홀름 미술 아카데미(Stockholm Academy of Fine Arts)에 들어갔으며 1869년에는 엔티크 스쿨(Antique School)에서 공부하였다. 이후 파리로 건너가 프랑스풍의 부드러운 빛깔로 두텁게 칠한 수채화 작품을 많이 그렸다.

스웨덴 왕립 미술아카데미에서 수학한 라르손은 1882년 파리 외곽에 있는 스칸디나비아 예술가들의 거주지 그레 쉬르 루앙(Grez-sur-Loing)에서 스웨덴 미술가 단체에 가입했다. 그곳에서 그는 장차 그의 아내가 될 미술가 카린 베르게를 만났다. 둘은 결혼해 여덟 명의 아이를 낳았다. 1888년 라르손은 장인이 순트보른의 리틀 휘트네스에 마련해준 집으로 가족을 데리고 이사했다. 1888년 순트보른으로 이주하면서 자신의 집을 예술가적인 취향으로 꾸며 그곳에서 가족들과 평화롭고 소박한 전원생활을 하였다. 작품도 전원생활을 주제로 한 아름답고 장식성이 강한 그림들을 그려 화제를 모았다. 라르손의 그림에는 부인과 아이들이 자주 등장하고, 아늑하며 평화로운 가정의 모습을 담은 작품들로 유명하다.

그를 가장 유명하게 만들고 출판계를 놀라게 했던 작품은 바로 『해 뜨는 집』(1895)이라는 책의 삽화였다. 그러나 라르손은 자신의 가장 중요한 작품으로 공공건물에 그린 커다란 크기의 벽화들을 꼽았다. 그중에서도 〈한겨울의 희생(Midwinter Sacrifice, 스웨덴어: Midvinterblot)〉은 자신 생애 최고의 작품이라고 했다. 스웨덴 역사에서 중요한 사건과 인물들을 주제로 그린 이 그림은 스톡홀름의 국립미술관을 장식하고 있다.
작품을 통해 보여준 그의 개성은 스웨덴의 대표적인 가구 브랜드인 이케아(IKEA)의 정신적 모토가 되었고, 현재 미술시장에서 그의 작품은 5억 원을 호가하는 가치를 지니며, 시대를 뛰어넘어 높은 예술성을 인정받고 있다.
라르손은 수많은 삽화들을 비롯하여 많은 작품을 남겼는데, 〈10월(October)〉(1882) 〈커다란 자작나무 아래서의 아침식사(Breakfast under the Big Birch)〉(1894~1899) 〈한겨울의 희생〉(1914~1915) 등이 잘 알려져 있다.

편지

윤동주

누나!
이 겨울에도
눈이 가득히 왔습니다.

흰 봉투에
눈을 한줌 넣고
글씨도 쓰지 말고
우표도 붙이지 말고
말숙하게 그대로
편지를 부칠가요?

누나 가신 나라엔
눈이 아니 온다기에.

In the Snow
1910

Ehtoja Luetaan
1900

호주머니

윤동주

넣을 것 없어
걱정이던
호주머니는,

겨울만 되면
주먹 두 개 갑북갑북.

The Yard and Wash-House
1895

My Loved Ones
1893

내 마음을 아실 이

김영랑

내 마음을 아실 이
내 혼자 마음 날 같이 아실 이
그래도 어데나 계실 것이면

내 마음에 때때로 어리우는 티끌과
속임 없는 눈물의 간곡한 방울방울
푸른 밤 고이 맺는 이슬 같은 보람을
보밴 듯 감추었다 내어드리지.

아! 그립다.
내 혼자 마음 날 같이 아실 이
꿈에나 아득히 보이는가.

향 맑은 옥돌에 불이 달어
사랑은 타기도 하오련만
불빛에 연긴 듯 희미론 마음은
사랑도 모르리 내 혼자 마음은.

Girls Sewing by the Window
1913

Beneath the Birches
1902

나와 나타샤와 흰당나귀

백석

가난한 내가
아름다운 나타샤를 사랑해서
오늘밤은 푹푹 눈이 나린다

나타샤를 사랑은 하고
눈은 푹푹 날리고
나는 혼자 쓸쓸히 앉어 소주(燒酒)를 마신다
소주(燒酒)를 마시며 생각한다
나타샤와 나는
눈이 푹푹 쌓이는 밤 흰당나귀 타고
산골로 가자 출출이 우는 깊은 산골로 가 마가리에 살자

눈은 푹푹 나리고
나는 나타샤를 생각하고
나타샤가 아니 올 리 없다
언제 벌써 내 속에 고조곤히 와 이야기한다
산골로 가는 것은 세상에 지는 것이 아니다
세상 같은 건 더러워 버리는 것이다

눈은 푹푹 나리고
아름다운 나타샤는 나를 사랑하고
어데서 흰당나귀도 오늘밤이 좋아서 응앙응앙 울을 것이다

The Timber Chute, Winter Scene from 'A Home' Series
1895

Dagmar Grill in the Garden
1909

도끼질하다가
향내에 놀라도다
겨울나무 숲

요사 부손

Woodcutters in the Forest
1906

눈 오는 지도(地圖)

윤동주

순이(順伊)가 떠난다는 아침에 말 못할 마음으로 함박눈이 나려, 슬픈 것처럼 창(窓)밖에 아득히 깔린 지도(地圖) 위에 덮힌다. 방(房) 안을 돌아다보아야 아무도 없다. 벽(壁)이나 천정(天井)이 하얗다. 방(房) 안에까지 눈이 나리는 것일까, 정말 너는 잃어버린 역사(歷史)처럼 홀홀이 가는 것이냐, 떠나기 전(前)에 일러둘 말이 있던 것을 편지를 써서도 네가 가는 곳을 몰라 어느 거리, 어느 마을, 어느 지붕밑, 너는 내 마음속에만 남아 있는 것이냐, 네 쪼고만 발자욱을 눈이 자꾸 나려 덮여 따라 갈 수도 없다. 눈이 녹으면 남은 발자욱 자리마다 꽃이 피리니 꽃 사이로 발자욱을 찾아 나서면 일년(一年) 열두 달 하냥 내 마음에는 눈이 나리리라.

Brita's Forty Winks
1895

After the Prom
1908

그럼 안녕
눈 구경하러 갔다 오겠네
넘어지는 데까지

마쓰오 바쇼

Brita as Iduna(Iðunn)
1901

A Ray of Sunshine
1893

눈 밤

심훈

소리 없이 내리는 눈, 한 치, 두 치 마당 가뜩 쌓이는 밤엔
생각이 길어서 한 자외다, 한 길이외다.
편편이 흩날리는 저 눈송이처럼
편지나 써서 온 세상에 뿌렸으면 합니다.

When the Children Have Gone to Bed
1895

My Country Cottage in Winter, Sundborn
1904

사랑과 잠

황석우

잠은 사랑과 같이 사람의 눈으로부터 든다
그러나 사랑은 사람의 눈동자로부터도 적발로 살그머니 들어가고
잠은 사람의 눈꺼풀로부터 공연(公然)하게 당당(堂堂)히 들어간다
그럼으로 사랑은 좀도적의 소인(小人), 잠은 군자(君子)!
또 그들의 달은 곳은 사랑은 사람의 마음 가운데 들고
잠은 사람의 몸 가운데 들어간다
그리고 사랑의 맛은 달되 체(滯)하기 쉽고
잠의 맛은 담담(淡淡)하야 탈남이 없다

Study for Rokoko
1888

Lisbeth at the Birch Grove
1910

둘이서 본 눈
올해에도 그렇게
내렸을까

마쓰오 바쇼

Lisbeth Reading
1904

Getting Ready for a Game
1901

명상(瞑想)

윤동주

가츨가츨한 머리칼은 오막살이 처마끝,
쉬파람에 콧마루가 서운한 양 간질키오.

들창 같은 눈은 가볍게 닫혀
이 밤에 연정은 어둠처럼 골골히 스며드오.

My Eldest Daughter, Suzanne with Milk and Book
1904

Portrait of the Artist's Father
1903

꿈 깨고서

한용운

님이면 나를 사랑하련마는
밤마다 문 밖에 와서 발자취 소리만 내이고
한 번도 들어오지 아니하고 도로 가니
그것이 사랑인가요.
그러나 나는 발자취나마 님의 문 밖에 가 본 적이 없습니다.
아마 사랑은 님에게만 있나 봐요.

아아, 발자국 소리가 아니더면
꿈이나 아니 깨었으련마는
꿈은 님을 찾아가려고 구름을 탔었어요.

Flowers on the Windowsill
1894

Old Sundborn Church
1895

창 구멍

윤동주

바람 부는 새벽에 장터 가시는
우리 아빠 뒷자취 보고 싶어서
춤을 발라 뚫어논 작은 창구멍
아롱 아롱 아침해 비치웁니다.

눈 나리는 저녁에 나무 팔러간
우리 아빠 오시나 기다리다가
혀끝으로 뚫어논 작은 창구멍
살랑 살랑 찬바람 날아듭니다.

Father, Mother and Child
1906

Anna-Johanna Grill
1913

이별을 하느니

이상화

어쩌면 너와 나 떠나야겠으며 아무래도 우리는 나눠야겠느냐
남몰래 사랑하는 우리 사이에 남몰래 이별이 올 줄은 몰랐으나

꼭두로 오르는 정열에 가슴과 입설이 떨어 말보다 숨결조차 못 쉬노라
오늘밤 우리 둘의 목숨이 꿈결같이 보일 애타는 네 맘 속을 내 어이 모르랴

애인아 하늘을 보아라 하늘이 까라졌고 땅을 보아라 땅이 꺼졌도다
애인아 내 몸이 어제같이 보이고 네 몸도 아직 살아서 내 곁에 앉았느냐

어쩌면 너와 나 떠나야겠으며 아무래도 우리는 나눠야겠느냐
우리 둘이 나눠어 생각하며 사느니보다 차라리 바라보며 우리 별이 되자

사랑은 흘러가는 마음 위에서 웃고 있는 가벼운 갈대꽃인가
때가 오면 꽃송이는 고와지고 때가 가면 떨어지고 썩고 마는가?

님의 기림에서만 믿음을 얻고 님의 미움에서는 외로움만 받을 너이었더냐?
행복을 찾아선 비웃음도 모르는 인간이면서 이 고행을 싫어할 나이었더냐?

애인아 물에다 물탄 듯 서로의 사이에 경계가 없던 우리 마음 위로
애인아 검은 그림자가 오르락나리락 소리도 없이 어른거리도다

남몰래 사랑하는 우리 사이에 우리 몰래 이별이 올 줄은 몰랐어라
우리 둘이 나뉘어 사람이 되느니 피울음 우는 두견이 되자

오려므나 더 가까이 내 가슴을 안으라 두 마음 한 가락으로 얼어 보고 싶다
자그마한 부끄럼과 서로 아는 믿음 사이로 눈 감고 오는 방임(放任)을 맞이
하자

아주 주름잡힌 네 얼굴 이별이 주는 애통이냐? 이별을 쫓고 내게로 오너라
상아의 십자가 같은 네 허리만 더위잡는 내 팔 안으로 달려만 오너라

애인아 손을 다고 어둠 속에도 보이는 납색의 손을 내 손에 쥐어다오
애인아 말해다오 벙어리 입이 말하는 침묵의 말을 내 눈에 일러다오

어쩌면 너와 나 떠나야겠으며 아무래도 우리는 나눠야겠느냐?
우리 둘이 나뉘어 미치고 마느니 차라리 바다에 빠져 두 마리 인어로나
되어서 살까

Portrait of Mrs. Signe Thiel
1900

Self Portrait
1906

당신에게

장정심

당신에게 노래를 청할 수 있다면
들일락 말락 은은 소리로
우리 집 창밖에 홀로 와서
내 귀에 가마니 속삭여주시오

당신에게 웃음을 청할 수 있다면
꿈인 듯 생신 듯 연연한 음조로
봉오리 꽃같이 고은 웃음
괴롭든 즐겁든 늘 웃어주시오

당신에게 침묵을 청할 수 있다면
우리가 전일 화원에 앉어서
말없이 즐겁게 침묵하던
그 침묵 또다시 보내어 주시오

당신에게 무엇을 청할지라도
거절 안하실 터이오니
사랑의 그 마음 고이 싸서
만나는 그날에 그대로 주시오

Revelation
1917

Old Sundborn Church
1895

하염없는 바람의 노래

박용철

나는 세상에
즐거움 모르는
바람이로라
너울거리는
나비와 꽃잎 사이로
속살거리는
입술과 입술 사이로
거저 불어지나는
마음없는 바람이로라

나는 세상에
즐거움 모르는
바람이로라
땅에 엎드린 사람
등에 땀을 흘리는 동안
쇠를 다지는 마치의
올랐다 나려지는 동안
흘깃 스쳐지나는
하염없는 바람이로라

나는 세상에
즐거움 모르는
바람이로라
누른 이삭은
고개 숙이어 가지런하고
빨간 사과는
산기슭을 단장한 곳에
한숨같이 옮겨가는
얻음없는 바람이로라

나는 세상에
즐거움 모르는
바람이로라
잎 벗은 가지는
소리없이 떨어 울고
검은 가마귀
넘는 해를 마저 지우는 제
자취없이 걸어가는
느낌없는 바람이로라

아— 세상에
마음 끌리는 곳 없어
호올로 일어나다
스스로 사라지는
즐거움 없는
바람이로다

Lisbeth with Yellow Tulip
1894

'Murre' Portrait of Casimir Laurin
1900

그리움

이용악

눈이 오는가 북쪽엔
함박눈 쏟아져내리는가

험한 벼랑을 굽이굽이 돌아간
백무선 철길 우에
느릿느릿 밤새워 달리는
화물차의 검은 지붕에

연달린 산과 산 사이
너를 남기고 온
작은 마을에도 복된 눈 내리는가

잉크병 얼어드는 이러한 밤에
어쩌자고 잠을 깨어
그리운 곳 차마 그리운 곳

눈이 오는가 북쪽엔
함박눈 쏟아져내리는가

Toys in the Corner
1887

In the Corner
1894

편지

노자영

바라던, 바라던 님의 편지를
정성껏 품에 넣어가지고
사람도 없고 새도 없는
고요한 물가를 찾아 갔어요

물가의 바위를 등에 지고
그 님의 편지를 보느라니까
어느듯 숲에서 꾀꼬리가
나의 비밀을 알아채고서
꾀꼴꾀꼴 노래하며
물가를 건너 날아갑니다

비밀을 깨친 나의 마음은
놀램과 섭섭함에 분을 참고
그 님의 편지를 물속에 던지려다
그래도 오히려 아까워
푸른 시냇가 하얀 모래에
그만 곱게 묻어놨어요

모래에 묻은 그 님의 편지
사랑이 자는 어여쁜 무덤
물도 흐르고 나도 가면
달 밝은 저녁에 뻐국새 나와서
그 님의 넋을 불러나 주려는지……

Model Writing Postcard
1906

Correspondance
1912

설야(雪夜)

이병각

밤은 잠들고
자취 드문 거리에
눈이 나린다.

너는 페르샤 문의의 목도리
나는 사포를 기울게 쓰고

옛이야기처럼 아련하다
코노래를 부르며 부르며

자욱을 헤아린다.

파랑새를 쫓는다.

Just before Bedtime
1908

Gran i snö(Fir Tree in Snow)
1910

눈 오는 아츰

김상용

눈 오는 아츰은
가장 성(聖)스러운 기도(祈禱)의 때다.

순결(純潔)의 언덕 우
수묵(水墨)빛 가지 가지의
이루어진 솜씨가 아름다워라.

연기는 새로 탄생(誕生)된 아기의 호흡(呼吸)
닭이 울어
영원(永遠)의 보금자리가 한층 더 따스하다.

Girl on Skis
1911

The Kitchen
1898

순례의 서

라이너 마리아 릴케

내 눈빛을 지우십시오.
나는 당신을 볼 수 있습니다.

내 귀를 막으십시오.
나는 당신을 들을 수 있습니다.

발이 없어도 당신에게 갈 수 있고
입이 없어도 당신을 부를 수 있습니다.
팔이 꺾여도 나는 당신을
내 심장으로 붙잡을 것입니다.

내 심장을 멈춘다면
나의 뇌수가 맥박 칠 것입니다.

나의 뇌수를 불태운다면
나는 당신을 피 속에 싣고 갈 것입니다.

An Interior with a Woman Reading
1885

Study for Modern Art
1889

님의 손길

한용운

님의 사랑은 강철을 녹이는 물보다도 뜨거운데,
님의 손길은 너무 차서 한도가 없습니다.
나는 이 세상에서 서늘한 것도 보고 찬 것도 보았습니다.
그러나 님의 손길같이 찬 것은 볼 수가 없습니다.

국화 핀 서리 아침에 떨어진 잎새를 울리고
오는, 가을 바람도 님의 손길보다는 차지 못합니다.
달이 작고 별에 뿔나는 밤에, 얼음 위에 쌓인 눈도
님의 손길보다는 차지 못합니다.

나의 작은 가슴에 타오르는 불꽃은
님의 손길이 아니고는 끄는 수가 없습니다.

님의 손길의 온도를 측량할 만한 한란계는
나의 가슴 밖에는 아무데도 없습니다.
님의 사랑은 불보다도 뜨거워서 근심 산(山)을 태우고 한(恨)
바다를 말리는데 님의 손길은 너무도 차서 한도가 없습니다.

Age of Seventeen
1902

Gust of Wind
1895

새로워진 행복

박용철

검푸른 밤이 거룩한 기운으로
온 누리를 덮어싼 제,
그대 아침과 저녁을 같이하던
사랑은 눈의 앞을 몰래 떠나,
뒷산 언덕 우에 혼잣몸을 뉘라.
별 많은 하늘 무심히 바래다가
시름없이 눈감으면.
더 빛난 세상의 문 마음눈에 열리리니,
기쁜 가슴 물결같이 움즐기고,
뉘우침과 용서의 아름답고 좋은 생각
헤엄치는 물고기떼처럼 뛰어들리.
그러한 때, 저 건너,
검은 둘레 우뚝이 선 산기슭으로
날으듯 빨리 옮겨가는 등불 하나
저의 집을 향해 바쁘나니,
무서움과 그리움 섞인 감정에
그대 발도 어둔 길을 서슴없이 달음질해,
아늑한 등불 비치는데 들어오면,
더 아늑히 웃는 사랑의 눈은
한동안 멀리 두고 그리던 이들같이
새로워진 행복에 부시는 그대 눈을 맞아 안으려니.

Bridesmaid
1917

Mammas and the Small Girls
1897

간판 없는 거리

윤동주

정거장 플랫폼에
내렸을 때 아무도 없어,
다들 손님들뿐,
손님 같은 사람들뿐,
집집마다 간판이 없어
집 찾을 근심이 없어
빨갛게
파랗게
불붙는 문자도 없이
모퉁이마다
자애로운 헌 와사등에
불을 켜놓고,
손목을 잡으면
다들, 어진 사람들
다들, 어진 사람들
봄, 여름, 가을, 겨울,
순서로 돌아들고.

Open-Air Painter. Winter-Motif from Åsögatan 145, Stockholm
1886

C. LARSSON
STOCKHOLM 1886

고양이 달아나
매화를 흔들었네
으스름달

이케니시 곤스이

On the Eve of the Trip to England
1909

Peek a Boo
1901

개

백석

접시 귀에 소기름이나 소뿔등잔에 아즈까리 기름을 켜는
마을에서는 겨울밤 개 짖는 소리가 반가웁다

이 무서운 밤을 아래 웃방성 마을 돌아다니는 사람은 있어
개는 짖는다

낮배 어니메 치코에 꿩이라도 걸려서 산(山) 너머 국숫집에
국수를 받으려 가는 사람이 있어도 개는 짖는다

김치가재미선 동치미가 유별히 맛나게 익는 밤

아배가 밤참 국수를 받으려 가면 나는 큰마니의 돋보기를
쓰고 앉어 개 짖는 소리를 들은 것이다

Cosy Corner
1894

Göthilda Fürstenberg
1891

마당 앞 맑은 새암을

김영랑

마당 앞
맑은 새암을 들여다본다

저 깊은 땅 밑에
사로잡힌 넋 있어
언제나 먼 하늘만
내려다보고 계심 같아

별이 총총한
맑은 새암을 들여다본다

저 깊은 땅속에
편히 누운 넋 있어
이 밤 그 눈 반짝이고
그의 겉몸 부르심 같아

마당 앞
맑은 새암은 내 영혼의 얼굴

Azalea
1906

Eva Upmark
1896

그믐밤

허민

그믐밤 하늘 우에 겨운 별빛은
내 사랑이 가면서 남긴 웃음가
힘도 없이 떠나신 그의 자취는
은하숫가 희미한 구름 같아라.

땅 우에 외롭게 선 이내 넋은
무덤 없는 옛 기억에 불타오르네
모든 원성 닥쳐도 번치 말고서
뜻과 뜻을 같이해 나가란 말씀.

허물어진 내 얼굴에 주름 잡히고
까스러운 노래도 한숨의 종자
희미하게 떠오르는 웃음의 별을
말없이 잡으려는 미련의 마음.

At the Piano
1900

The Studio
1895

2장.

지난밤에 눈이 소오복이 왔네

시인 윤동주
백석
권환
박용철
박인환
변영로
오장환
윤곤강
이장희
장정심
정지용
기노 쓰라유키
다카하마 교시

화가 클로드 모네

2장에서 함께하는 화가

클로드 모네 Oscar-Claude Monet

1840~1926. 프랑스의 화가. 파리 출생. 소년 시절을 르아브르에서 보냈으며, 18세 때 그곳에서 화가 로댕을 만나, 외광(外光) 묘사에 대한 초보적인 화법을 배웠다. 19세 때 파리로 가서 아카데미 스위스에 들어가, 피사로와 어울렸다. 1862년부터는 전통주의 화가 샤를 글레르 밑에서 쿠르베나 마네의 영향을 받아 인물화를 그렸지만 2년 후 화실이 문을 닫게 되자, 친구 프리데리크 바지유와 함께 인상주의의 고향이라 불리는 노르망디 옹플뢰르에 머물며 자연을 주제로 한 인상주의 화풍을 갖춰나갔다.

1874년 파리로 돌아온 모네는 바지유와 함께 작업실을 마련하여, '화가 · 조각가 · 판화가 · 무명예술가 협회전'을 개최하고 여기에 12점의 작품을 출품하여 호평을 받았다. 출품된 작품 중 〈인상 · 일출(Impression, Soleil Levant)〉이라는 작품의 제목에서, '인상파'라는 이름이 모네를 중심으로 한 화가집단에 붙여졌다. 이후 1886년까지 8회 계속된 인상파전에 5회에 걸쳐 많은 작품을 출품하여 대표적 지도자로 위치를 굳혔다.

한편 1878년에는 센 강변의 베퇴유, 1883년에는 지베르니로 주거를 옮겨 작품을 제작하였고, 만년에는 저택 내 넓은 연못에 떠 있는 연꽃을 그리는 데 몰두하였다. 작품은 외광을 받은 자연의 표정을 따라 밝은색을 효과적으로 구사하고, 팔레트 위에서 물감을 섞지 않는 대신 '색조의 분할'이나 '원색의 병치(倂置)'를 이행하는 등 인상파 기법의 한 전형을 개척하였다. 자연을 감싼 미묘한 대기의 뉘앙스나 빛을 받고 변화하는 풍경의 순간적 양상을 그려내려는 그의 의도는 〈루앙대성당〉〈수련(睡蓮)〉 등에서 보듯이 동일주제를 아침, 낮, 저녁으로 시간에 따라 연작한 태도에서도 충분히 엿볼 수 있다. 이 밖에 〈소풍〉 〈강〉 등의 작품도 널리 알려져 있다. 말년에는 백내장으로 고통 받았으나 이로 인해 더 따뜻하고 붉은 색조가 그의 그림에 나타나게 되었고, 세부 표현이 더 흐릿해지며 추상적인 느낌이 강해졌다. 1926년 12월 5일, 86세의 나이로 세상을 떠났다.

서시

윤동주

죽는 날까지 하늘을 우러러
한 점 부끄럼이 없기를,
잎새에 이는 바람에도
나는 괴로워했다.
별을 노래하는 마음으로
모든 죽어가는 것을 사랑해야지.
그리고 나한테 주어진 길을
걸어가야겠다.

오늘 밤에도 별이 바람에 스치운다.

Water Lilies(Agapanthus)
1915~1926

바람이 불어

윤동주

바람이 어디로부터 불어와
어디로 불려가는 것일까.

바람이 부는데
내 괴로움에는 이유(理由)가 없다.
내 괴로움에는 이유(理由)가 없을까,

단 한 여자(女子)를 사랑한 일도 없다.
시대(時代)를 슬퍼한 일도 없다.

바람이 자꾸 부는데
내 발이 반석 위에 섰다.

강물이 자꾸 흐르는데
내 발이 언덕 위에 섰다.

Regnvær, Etretat
1886

Woman with a Parasol-Madame Monet and her Son
1875

가슴

윤동주

불 꺼진 화(火)독을
안고 도는 겨울밤은 깊었다.

재(灰)만 남은 가슴이
문풍지 소리에 떤다.

Camille
1866

The Church at Vetheuil under Snow
1878~1879

못 자는 밤

윤동주

하나, 둘, 셋, 넷
....
밤은
많기도 하다.

The Studio Boat
1874

Interior, after Dinner
1868~1869

내가 이렇게 외면하고

백석

내가 이렇게 외면하고 거리를 걸어가는 것은 잠풍 날씨가 너무 좋은 탓이고
가난한 동무가 새 구두를 신고 지나간 탓이고 언제나 꼭 같은 넥타이를 매고 고운 사람을 사랑하는 탓이다

내가 이렇게 외면하고 거리를 걸어가는 것은 또 내 많지 못한 월급이 얼마나 고마운 탓이고
이렇게 젊은 나이로 코밑수염도 길러보는 탓이고 그리고 어느 가난한 집 부엌으로 달재 생선을 진장에 꼿꼿이 지진 것은 맛도 있다는 말이 자꾸 들려오는 탓이다

Houses on the Achterzaan
1871

The Beach at Sainte-Adresse
1867

저녁해ㅅ살

정지용

불 피여으르듯 하는 술
한숨에 키여도 아아 배곺아라.

수저븐 듯 노힌 유리
바쟈 바쟈 씹는 대도 배곺으리.

네 눈은 고만(高慢)스런 흑(黑) 단초.
네 입술은 서운한 가을철 수박 한 점.

빨어도 빨어도 배곺으리.

술집 창문에 붉은 저녁해ㅅ살
연연하게 탄다, 아아 배곺아라.

The Seine at Bougival in the Evening
1869

Vetheuil
1901

겨울 햇살이
지금 눈꺼풀 위에
무거워라

다카하마 교시

The Magpie
1868~1869

Lavacourt under Snow
1881

설상소요(雪上逍遙)

변영로

곱게 비인 마음으로
눈 위를 걸으면 눈 위를 걸으면
하얀 눈은 눈으로 들어오고
머리 속으로 기어들어 가고
마음 속으로 스며들어 와서
붉던 사랑도 하얘지게 하고
누르던 걱정도 하얘지게 하고
푸르던 희망도 하얘지게 하며
검던 미움도 하얘지게 한다.
어느 덧 나도 눈이 돼 하얀 눈이 되어
환괴(幻怪)한 곡선(曲線)을 대공(大空)에 그리우며 내리는
동무축에 휩싸이어 내려간다—
곱고 아름다움으로 근심과
죽음이 생기는
색채(色彩)와 형태(形態)의 세계(世界)를 덮으려.
아름다웁던 〈폼페이〉를 내려 덮은
뻬쓰 뿌쓰 화산(火山)의 재같이!

Road at Louveciennes, Melting Snow, Sunset
1870

Le Pont Neuf
1873

눈

윤동주

눈이
새하얗게 와서
눈이
새물새물 하오.

Snow Effect, Giverny
1892~1893

개

윤동주

눈 위에서
개가
꽃을 그리며
뛰오.

Snow at Argenteuil
1875

Morning Haze
1888

거짓부리

윤동주

똑, 똑, 똑,
문 좀 열어 주세요
하룻밤 자고 갑시다
——밤은 깊고 날은 추운데
——거 누굴까
문 열어 주고 보니
검둥이의 꼬리가
거짓부리 한 걸.
꼬기요, 꼬기요,
달걀 낳았다.
간난아 어서 집어 가거라
——간난이가 뛰어가 보니
——달걀은 무슨 달걀,
고놈의 암탉이
대낮에 새빨간
거짓부리 한 걸.

The Child with the Cup, Portrait of Jean Monet
1868

Jean Monet on his Horse Tricycle
1872

눈보라

오장환

눈보라는 무섭게 휘모라치고
끝없는 벌판에
보지 못하든 썰매가 달리어간다.

낱서른 젊은 사내가 썰매를 타고
달리어간다.

나의 행복은 어듸에 있느냐
미칠 것 같은 나의 기쁨은 어듸에 있느냐
모든 것은
사나운 선풍 밑으로
똑같이 미쳐 날뛰는 썰매를 타고 가버리었다.

Sandvika, Norway
1895

Le Givre À Giverny
1885

유리창(琉璃窓) 1

정지용

유리(琉璃)에 차고 슬픈 것이 어린거린다.
열없이 붙어서서 입김을 흐리우니
길들은 양 언 날개를 파다거린다.
지우고 보고 지우고 보아도
새까만 밤이 밀려 나가고 밀려와 부딪히고,
물먹은 별이, 반짝, 보석(寶石)처럼 박힌다.
밤에 홀로 유리(琉璃)를 닦는 것은
외로운 황홀한 심사이어니,
고운 폐혈관(肺血管)이 찢어진 채로
아아, 늬는 산(山)새처럼 날아갔구나!

Rocks at Port-Goulphar, Belle-Île
1886

The Cliffs at Étretat
1885

나 취했노라

백석

나 취했노라
나 오래된 스코틀랜드 술에 취했노라
나 슬픔에 취했노라
나 행복해진다는 생각, 불행해진다는 생각에 취했노라
나 이 밤 공허하고 허무한 인생에 취했노라

Camille Monet Wearing a Kimono
1875

Red Azaleas in a Pot
1883

색깔도 없던
마음을 그대의 색으로
물들인 후로
그 색이 바래는 것은
생각할 수도 없어라

기노 쓰라유키

Jerusalem Artichoke Flowers
1880

Bouquet of Sunflowers
1881

그때

장정심

내가 당신을 기다릴 때마다
지체 말고 오시라 했지오
내가 당신을 부를 때마다
곧 대답하고 오시라 했지오

그러나 당신이 오셨을 때는
기다리다 못해 지친 때입니다
그러나 당신이 오셨을 때는
대답이 없어 돌아갈 때이었습니다

내가 꽃밭에 물을 줄 때
그때는 봄날이였읍니다
내가 뜰 아레 눈을 쓸 때
그때는 겨울날이었습니다

그러나 당신이 오셨을 때는
낙엽이 떨어지던 때요
그러나 당신이 오셨을 때는
장마가 졌을 때이었습니다

Poplars(Wind Effect)
1891

Lady in the Garden
1867

햇빛·바람

윤동주

손가락에 침발러
쏘옥, 쏙, 쏙,
장에 가는 엄마 내다보려
문풍지를
쏘옥, 쏙, 쏙,
아침에 햇빛이 반짝,

손가락에 침발러
쏘옥, 쏙, 쏙,
장에 가신 엄마 돌아오나
문풍지를
쏘옥, 쏙, 쏙,
저녁에 바람이 솔솔.

The Customs House at Varengeville
1897

Impression, Sunrise
1872

흰 바람벽이 있어

백석

오늘 저녁 이 좁다란 방의 흰 바람벽에
어쩐지 쓸쓸한 것만이 오고 간다
이 흰 바람벽에
희미한 십오촉 전등이 지치운 불빛을 내어던지고
때글은 다 낡은 무명샤쯔가 어두운 그림자를 쉬이고
그리고 또 달디단 따끈한 감주나 한잔 먹고 싶다고 생각하는
내 가지가지 외로운 생각이 헤매인다
그런데 이것은 또 어인 일인가
이 흰 바람벽에
내 가난한 늙은 어머니가 있다
내 가난한 늙은 어머니가
이렇게 시퍼러둥둥하니 추운 날인데 차디찬 물에
손은 담그고 무이며 배추를 씻고 있다
또 내 사랑하는 사람이 있다
내 사랑하는 어여쁜 사람이
어늬 먼 앒대 조용한 개포가의 나즈막한 집에서
그의 지아비와 마조 앉어 대구국을 끓여놓고 저녁을 먹는다
벌써 어린것도 생겨서 옆에 끼고 저녁을 먹는다
그런데 또 이즈막하야 어늬 사이엔가
이 흰 바람벽엔
내 쓸쓸한 얼골을 쳐다보며
이러한 글자들이 지나간다

——나는 이 세상에서 가난하고 외롭고 높고 쓸쓸하니
    살어가도록 태어났다
    그리고 이 세상을 살어가는데
    내 가슴은 너무도 많이 뜨거운 것으로 호젓한 것으로
    사랑으로 슬픔으로 가득 찬다
그리고 이번에는 나를 위로하는 듯이 나를 울력하는 듯이
눈질을 하며 주먹질을 하며 이런 글자들이 지나간다
——하늘이 이 세상을 내일 적에 그가 가장 귀해하고 사랑하는
    것들은 모두 가난하고 외롭고 높고 쓸쓸하니 그리고 언제나
    넘치는 사랑과 슬픔 속에 살도록 만드신 것이다
    초생달과 바구지꽃과 짝새와 당나귀가 그러하듯이
    그리고 또 '프랑시쓰 쨈'과 도연명과 '라이넬 마리아 릴케'가
    그러하듯이

Snow Effect at Argenteuil
1874~1875

Madame Monet Embroidering
1875

생시에 못 뵈올 님을

변영로

생시에 못 뵈올 님을 꿈에나 뵐까 하여
꿈 가는 푸른 고개 넘기는 넘었으나
꿈조차 흔들리우고 흔들리어
그립던 그대 가까울 듯 멀어라.

아, 미끄럽지 않은 곳에 미끄러져
그대와 나 사이엔 만리가 격했어라.
다시 못 뵈올 그대의 고운 얼굴
사라지는 옛 꿈보다도 희미하여라.

The Red Kerchief
1868~1873

The Beach at Honfleur
1864

호수

정지용

얼골 하나야
손바닥 둘로
폭 가리지만,

보고 싶은 마음
호수(湖水)만 하니
눈 감을 밖에.

Morning on the Seine near Giverny
1897

The Grand Canal, Venice
1908

그리워

정지용

그리워 그리워 돌아와도
그리던 고향은 어디러뇨

동녘에 피어 있는 들국화 웃어주는데
마음은 어디고 붙일 곳 없어
먼 하늘만 바라보노라

눈물도 웃음도 흘러간 옛 추억
가슴 아픈 그 추억 더듬지 말자
내 가슴엔 그리움이 있고
나의 웃음도 연륜에 사라졌나니
내 그것만 가지고 가노라

그리워 그리워
그리워 찾아와도 고향은 없어
진종일 진종일 언덕길 헤매다 가네

Argenteuil
1872

The Doge's Palace Seen from San Giorgio Maggiore
1908

탕약(湯藥)

백석

눈이 오는데
토방에서는 질화로 우에 곱돌탕관에 약이 끓는다
삼에 숙변에 목단에 백복령에 산약에 택사의 몸을 보한다는 육미탕(六味湯)
이다
약탕관에서는 김이 오르며 달큼한 구수한 향기로운 내음새가 나고
약이 끓는 소리는 삐삐 즐거웁기도 하다

그리고 다 달인 약을 하이얀 약사발에 밭어놓은 것은
아득하니 깜하야 만년(萬年) 녯적이 들은 듯한데
나는 두 손으로 고이 약그릇을 들고 이 약을 내인 녯사람들을 생각하노라면
내 마음은 끝없이 고요하고 또 맑어진다

The Luncheon
1868~1869

Tulip Fields at Sassenheim
1886

밤기차에 그대를 보내고

박용철

1

온전한 어둠 가운데 사라져버리는
한낱 촛불이여.
이 눈보라 속에 그대 보내고 돌아서 오는
나의 가슴이여.
쓰린 듯 비인 듯한데 뿌리는 눈은
들어 안겨서
발마다 미끄러지기 쉬운 걸음은
자취 남겨서.
머지도 않은 앞이 그저 아득하여라.

2

밖을 내여다보려고 무척 애쓰는
그대도 설으렸다.
유리창 검은 밖에 제 얼굴만 비쳐 눈물은
그렁그렁하렸다.
내 방에 들면 구석구석이 숨겨진 그 눈은
내게 웃으렸다.
목소리 들리는 듯 성그리는 듯 내 살은
부대끼렸다.
가는 그대 보내는 나 그저 아득하여라.

3

얼어붙은 바다에 쇄빙선같이 어둠을
헤쳐나가는 너.
약한 정 뿌리쳐 떼고 다만 밝음을
찾어가는 그대.
부서진다 놀래랴 두 줄기 궤도를
타고 달리는 너.
죽음이 무서우랴 힘 있게 사는 길을
바로 닫는 그대.
실어가는 너 실려가는 그대 그저 아득하여라.

4

이제 아득한 겨울이면 머지 못할 봄날을
나는 바라보자.
봄날같이 웃으며 달려들 그의 기차를
나는 기다리자.
'잊는다' 말인들 어찌 차마! 이대로 웃기를
나는 배워보자.
하다가는 험한 길 헤쳐가는 그의 걸음을
본받어도 보자.
마침내는 그를 따르는 사람이라도 되어보리라.

Arrival of the Normandy Train, Gare Saint-Lazare
1877

Pierre-Auguste Renoir
1872

월광(月光)

권환

달빛이 푸르고 밝으니
어머니의 하 —— 얀 머리털
흰 백합화같이 아름다웠다

On the Boat
1887

Palazzo da Mula, Venice
1908

눈

윤동주

지난밤에
눈이 소오복이 왔네

지붕이랑
길이랑 밭이랑
추워한다고
덮어주는 이불인가 봐

그러기에
추운 겨울에만 나리지

Waterloo Bridge
1901

Claude Monet

추억(追憶)

윤곤강

하늘 위에
별떼가 얼어붙은 밤,

너와 나 단둘이
오도도 떨면서
싸늘한 밤거리를
말도 없이 걷던 생각,

지금은
한낱 애달픈 기억뿐!

기억(記憶)에는
세부(細部)의 묘사(描寫)가 없다더라!

The Entrance to Giverny under the Snow
1885

Cabin of the Customs Watch
1882

눈은 내리네

이장희

이 겨울의 아침을
눈은 내리네.

저 눈은 너무 희고
저 눈의 소리 또한 그윽함으로
내 이마를 숙이고 빌까 하노라.

님이어 설은 빛이
그대의 입술을 물들이나니
그대 또한 저 눈을 사랑하는가.

눈은 내리어
우리 함께 빌 때러라.

Haystacks(Effect of Snow and Sun)
1891

Ice Floes
1893

산상(山上)

윤동주

거리가 바둑판처럼 보이고,
강물이 배암의 새끼처럼 기는
산 위에까지 왔다.
아직쯤은 사람들이
바둑돌처럼 버려 있으리라.

한나절의 태양이
함석지붕에만 비치고,
굼벵이 걸음을 하는 기차가
정거장에 섰다가 검은 내를 토하고
또 걸음발을 탄다.

텐트 같은 하늘이 무너져
이 거리 덮을까 궁금하면서
좀더 높은 데로 올라가고 싶다.

The Valley of the Nervia
1884

Gardener's House at Antibes
1888

언덕

박인환

연 날리든 언덕
너는 떠나고
지금 구름 아래
연을 따른다
한 바람 두 바람
실은 풀리고
연이 떠러지는 곳
너의 잠든 곳

꽃이 지니
비가 오며 바람이 일고
겨울이니
언덕에는 눈이 싸여서
누구 하나 오지 안어
네 생각하며
연이 떠러진 곳
너를 찾는다

The Road in front of Saint-Simeon Farm in Winter
1867

Rouen Cathedral, West Façade, Sunlight
1894

3장.

나는 내 슬픔과 어리석음에 눌리어

시인 윤동주
백석
권환
김소월
노자영
변영로
윤곤강
장정심
정지용
조명희
한용운
크리스티나 로세티
가가노 지요니
고바야시 잇사
다이구 료칸

화가 에곤 실레

3장에서 함께하는 화가

에곤 실레 Egon Schiele

1890~1918. 오스트리아의 화가. 클림트의 표현주의적인 스타일을 발전시켰다. 공포와 불안에 떠는 인간의 육체를 묘사하고, 성적인 욕망을 주제로 다루어 20세기 초, 빈에서 커다란 논란을 일으켰다. 〈죽음과 소녀(Death and Girl)〉는 실레의 걸작 중 하나로 꼽힌다. 구스타프 클림트의 친구이자 피후견인이었던 에곤 실레는 클림트의 표현주의적인 선들을 더욱 발전시켜 공포와 불안에 떠는 인간의 육체를 묘사하고, 자신의 성적인 욕망을 주제로 다뤘다. 빈 공간을 배경으로 툭툭 튀어나온 뼈가 도드라져 보일 정도로 앙상하게 마르고 고통스러운 모습을 한 실레의 자화상은 고뇌하는 미술가의 전형을 보여주는 듯하다. 실레의 도시 풍경화들은 역동적이며, 인파로 넘쳐나는 도시 모습의 이면에는 묘한 긴장감이 감춰져 있음에도 불구하고 묘한 매력을 지니고 있다. 실레가 그린 장인의 초상에서 알 수 있듯이, 그가 그린 초상화들은 감정이입의 표현이 훌륭하며, 가장 뛰어난 초상화 작품들에 속한다. 실레는 열여섯 살에 빈 미술 아카데미에 들어가지만, 그곳의 교육이 케케묵고 인습적이라고 생각되어 곧 그만두었다. 그는 몇몇 친구들과 함께 '신미술가협회'를 창립했다. 그 후 그는 여인들과 소녀들의 누드화를 적나라할 정도로 솔직하고 생생하게 묘사한 드

로잉을 제작하기 시작했다. 이 드로잉들은 실레가 크루마우로 이주한 후인 1911년에 문제가 되기도 했다. 그는 모델이자 동거녀였던 발레리 발리 노이칠과의 자유분방한 생활과 미성년자들을 모델로 그린 그림들 때문에 크루마우에서 추방당하게 되었다. 노이렝바흐에서는 더욱 이해받지 못했다. 1912년 실레는 그곳에서 어린 모델들을 데려다가 부도덕적인 그림을 그렸다는 죄목으로 잠시 동안 유치장에 수감되기도 했다. 1915년 실레는 발리와의 동거 생활을 청산하고 에디트 하름스와 결혼했다. 1918년이 되자 실레는 지난 몇 년간에 비해 훨씬 더 안정된 삶을 살게 되었다. 아내인 에디트는 임신한 상태였다. 실레는 빈 분리파에서 엄청난 성공을 거두었으며, 그해에 사망한 클림트의 자리를 이어받았다. 이 시기에 그는 곧 태어날 아기를 기다리며 아버지가 된다는 기대감으로 〈가족(The Family)〉(1918)을 완성했다. 새롭게 발견한 희망을 보여주는 듯한 이 작품에서 실레와 아내, 아이는 모두 나체로 묘사되어 있으며 특히 인물들의 행복한 표정이 눈에 띈다. 하지만 같은 해 10월, 실레의 아내는 당시 유럽을 휩쓸던 스페인 독감에 걸려 사망했고, 아내와 뱃속의 아기를 잃고 슬퍼하던 실레도 스페인 독감으로 3일 뒤에 세상을 떠났다.

길

윤동주

잃어 버렸습니다.
무얼 어디다 잃었는지 몰라
두 손이 주머니를 더듬어
길게 나아갑니다.

돌과 돌과 돌이 끝없이 연달아
길은 돌담을 끼고 갑니다.

담은 쇠문을 굳게 닫아
길 위에 긴 그림자를 드리우고

길은 아침에서 저녁으로
저녁에서 아침으로 통했습니다.

돌담을 더듬어 눈물 짓다
쳐다보면 하늘은 부끄럽게 푸릅니다.

풀 한포기 없는 이 길을 걷는 것은
담 저쪽에 내가 남아 있는 까닭이고,

내가 사는 것은, 다만,
잃은 것을 찾는 까닭입니다.

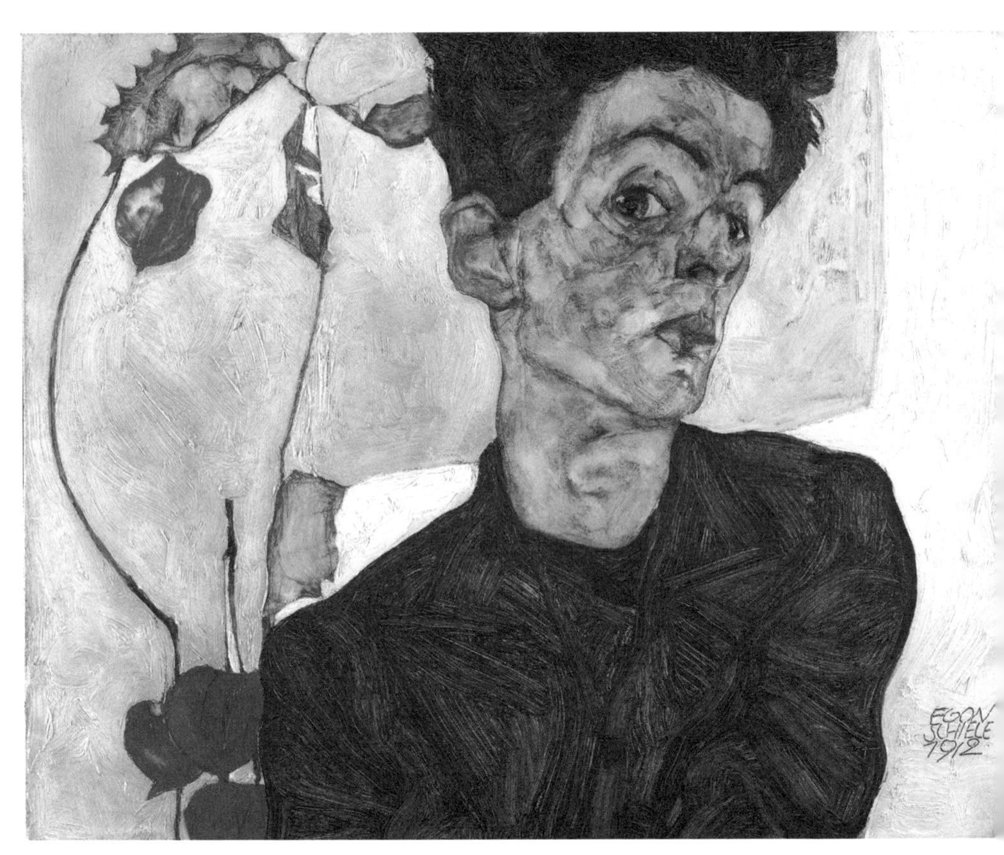

Self-Portrait with Chinese Lantern Fruits
1912

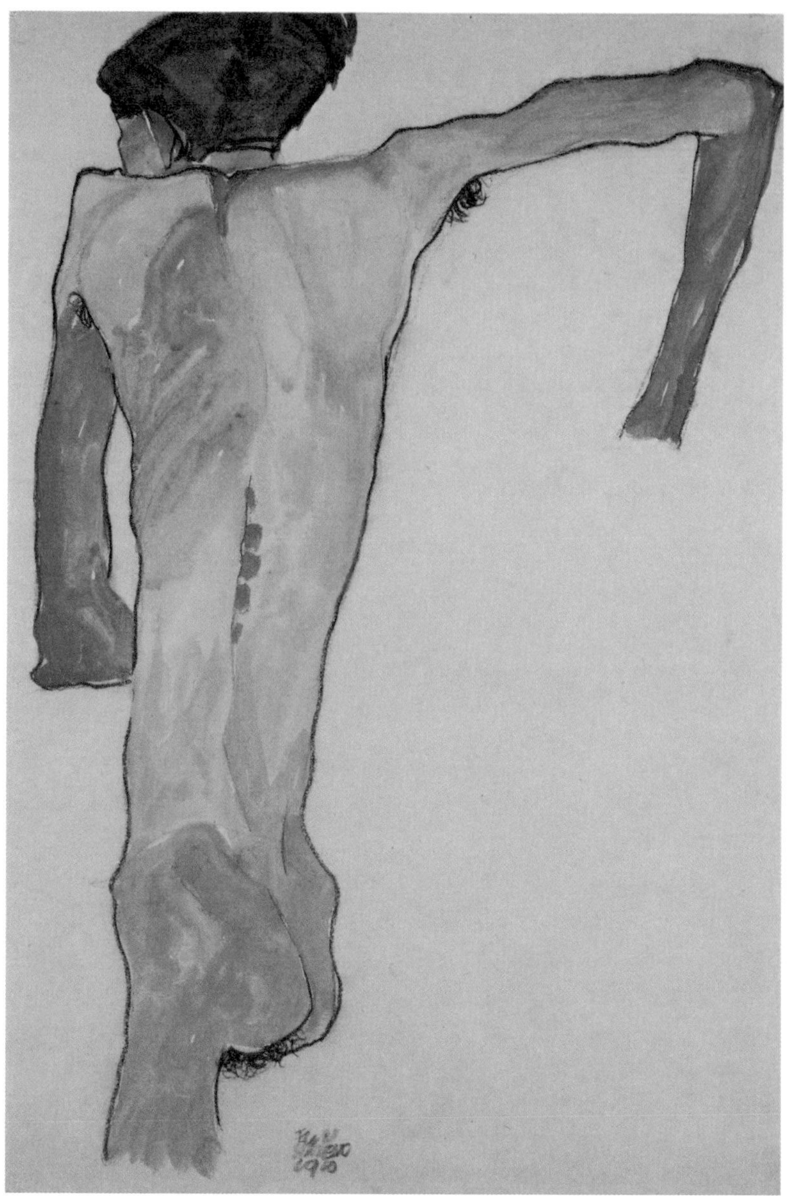

Male Nude
1910

아우의 인상화(印象畵)

윤동주

붉은 이마에 싸늘한 달이 서리어
아우의 얼굴은 슬픈 그림이다.

발걸음을 멈추어
살그머니 애띤 손을 잡으며

'늬는 자라 무엇이 되려니'
'사람이 되지'
아우의 설은 진정코 설은 대답이다.

슬며시 잡았던 손을 놓고
아우의 얼굴을 다시 들여다 본다.

싸늘한 달이 붉은 이마에 젖어
아우의 얼굴은 슬픈 그림이다.

Two Boys
1910

Two Little Girls
1911

숨ㅅ기 내기

정지용

나 - ㄹ 눈 감기고 숨으십쇼.
잣나무 알암나무 안고 돌으시면
나는 샅샅이 찾어 보지요.

숨ㅅ기 내기 해종일 하며는
나는 슬어워진답니다.

슬어워지기 전에
파랑새 산양을 가지요.

떠나온 지 오랜 시골 다시 찾어
파랑새 산양을 가지요.

Crescent of Houses(The Small City V)
1915

House Wall on the River
1915

노래 - 내가 죽거든

크리스티나 로세티

내가 죽거든, 사랑하는 사람이여
날 위해 슬픈 노래를 부르지 마세요.
내 머리맡에 장미도 심지 말고
그늘진 삼나무도 심지 마세요.
내 위에 푸른 잔디를 퍼지게 하여
비와 이슬에 젖게 해주세요.
그리고 마음이 내키시면 기억해주세요.

나는 사물의 그늘도 보지 못하고
비가 내리는 것조차 느끼지 못하리다.
슬픔에 잠긴 양 계속해서 울고 있는
나이팅게일의 울음소리도 듣지 못하리다.
날이 새거나 날이 저무는 일 없는
희미한 어둠 속에서 꿈꾸며
아마 나는 당신을 잊지 못하겠지요.
아니, 잊을지도 모릅니다.

Death and Girl
1915

Levitation
1915

이월 햇발

변영로

가냘프게 가냘프게 퍼지는 이월(二月) 햇빛은
어느 딴 세상에서 내리는 그늘 같은데

오는 봄의 먼 치맛자락 끄는 소리는
가려는 「찬손님」의 무거운 신 끄는 소리인가.

The Dancer Moa
1911

Yellow City
1914

못 잊어

김소월

못 잊어 생각이 나겠지요,
그런대로 한세상 지내시구려,
사노라면 잊힐 날 있으리다.

못 잊어 생각이 나겠지요,
그런대로 세월만 가라시구려,
못 잊어도 더러는 잊히오리다.

그러나 또한긋 이렇지요,
'그리워 살뜰히 못 잊는데,
어쩌면 생각이 떠지나요?'

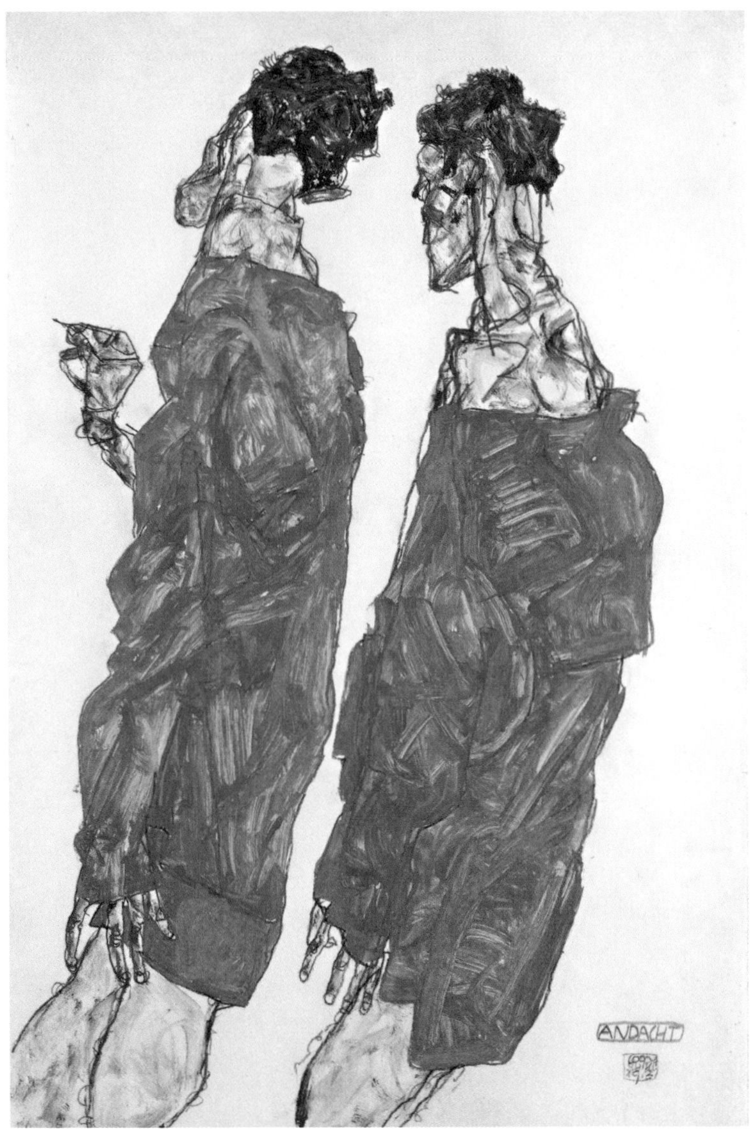

Devotion
1913

Pair of Women Embracing Each Other
1915

잠 놓친 밤

변영로

밤은 고요할 대로 고요한데
잠은 어이하여 오지를 않는지

새삼스레 걱정 더럭 됨이 있어선가
그도 꼭은 그렇지를 않건마는

딱딱이 두 차례째나 돌았어도
잠은 길 떠난 사람 같이 안 오아

아하 어이없이도 호젓하구나
내 마음은 사람 뮛다 헤진 빈 마당

아하 야릇하게도 괴괴하구나
가죽 밑 도는 피 소리 또렷키도 하네

활활 타는 두 눈 붙이고 누웠노라니
귓속에선 무엔지 잉 하고 운다.

그 무슨 소릴까 그 무슨 소릴까
옛날의 풍경 소리까지 새새 섞이나니

가라앉아라 내 어리고 어리석은 마음이어
오늘 밤은 뒤채고 잠 못 이루나

그 저녁이 오면 괴롬의 붉은 고운 놀 스러지고
꿈조차 섞이잖은 깊은 잠에 빠지리.

Edith with Striped Dress, Sitting
1915

Houses on the River(The Old Town)
1914

사랑하는 까닭

한용운

내가 당신을 사랑하는 것은
까닭이 없는 것은 아닙니다.
다른 사람들은 나의 홍안만을 사랑하지만은
당신은 나의 백발도 사랑하는 까닭입니다.

내가 당신을 사랑하는 것은
까닭이 없는 것은 아닙니다.
다른 사람들은 나의 미소만을 사랑하지만은
당신은 나의 눈물도 사랑하는 까닭입니다.

내가 당신을 사랑하는 것은
까닭이 없는 것은 아닙니다.
다른 사람들은 나의 건강만을 사랑하지만은
당신은 나의 죽음도 사랑하는 까닭입니다.

Seated Couple(Egon and Edith Schiele)
1915

Two Women Embracing
1913

슬픈 족속(族屬)

윤동주

흰 수건이 검은 머리를 두르고
흰 고무신이 거친 발에 걸리우다.

흰 저고리 치마가 슬픈 몸집을 가리고
흰 띠가 가는 허리를 질끈 동이다.

Standing Girl in a Plaid Garment
1909

Composition with Three Male Nudes
1910

오늘 오지 않으면
내일은 져버리겠지
매화꽃

다이구 료칸

Sunflowers
1911

Portrait of a Woman
1910

모란봉에서

윤동주

앙당한 솔나무 가지에
훈훈한 바람의 날개가 스치고
얼음 섞인 대동강물에
한나절 햇발이 미끄러지다.

허물어진 성터에서
철모르는 여아들이
저도 모를 이국말로
재잘대며 뜀을 뛰고

난데없는 자동차가 밉다.

City on the Blue River(Krumau)
1910

Field Landscape(Kreuzberg Near Krumau)
1910

비로봉

윤동주

만상을
굽어보기란-

무릎이
오들오들 떨린다.

백화
어려서 늙었다.
새가
나비가 된다.

정말 구름이
비가 된다.

옷자락이
칩다.

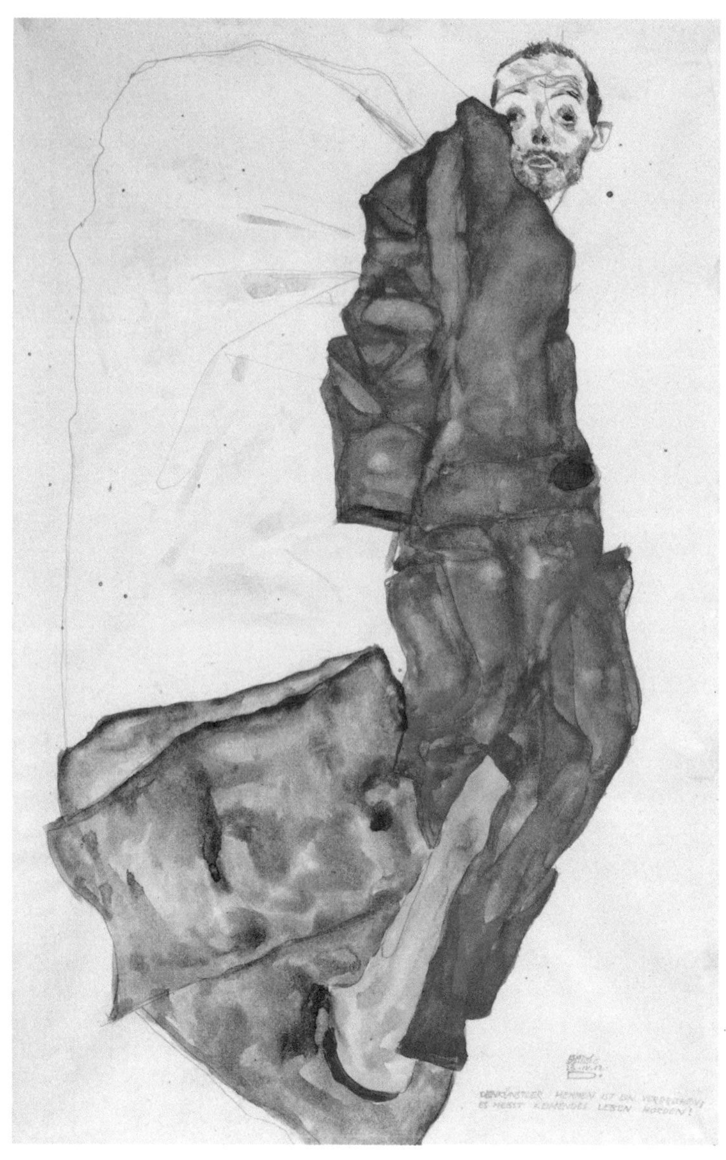

Hindering the Artist is a Crime, It is Murdering Life in the Bud
1912

Self-Portrait
1911

홀로인 것은

나의 별이겠지

은하수 속에

고바야시 잇사

Gerti in front of Ocher-Colored Drapery
1910

Portrait of a Woman
1910

두보(杜甫)나 이백(李白)같이

백석

오늘은 정월(正月) 보름이다
대보름 명절인데
나는 멀리 고향을 나서 남의 나라 쓸쓸한 객고에 있는 신세로다
녯날 두보(杜甫)나 이백(李白) 같은 이 나라의 시인(詩人)도
먼 타관에 나서 이날을 맞은 일이 있었을 것이다
오늘 고향의 내 집에 있는다면
새 옷을 입고 새 신도 신고 떡과 고기도 억병 먹고
일가친척들과 서로 모여 즐거이 웃음으로 지날 것이연만
나는 오늘 때묻은 입든 옷에 마른물고기 한 토막으로
혼자 외로이 앉어 이것저것 쓸쓸한 생각을 하는 것이다
녯날 두보(杜甫)나 이백(李白) 같은 이 나라의 시인(詩人)도
이날 이렇게 마른물고기 한 토막으로 외로이
쓸쓸한 생각을 한 적도 있었을 것이다
나는 이제 어늬 먼 외진 거리에
한고향 사람의 조고마한 가업집이 있는 것을 생각하고
이 집에 가서 그 맛스러운 떡국이라도 한 그릇 사먹으리라 한다
우리네 조상들이 먼먼 녯날로부터 대대로 이날엔 으레히 그러하며 오듯이
먼 타관에 난 그 두보(杜甫)나 이백(李白) 같은 이 나라의 시인(詩人)도
이날은 그 어느 한고향 사람의 주막이나 반관(飯館)을 찾어가서
그 조상들이 대대로 하든 본대로 원소(元宵)라는 떡을 입에 대며
스스로 마음을 느꾸어 위안하지 않었을 것인가
그러면서 이 마음이 맑은 녯 시인(詩人)들은

먼 훗날 그들의 먼 훗자손들도
그들의 본을 따서 이날에는 원소(元宵)를 먹을 것을
외로이 타관에 나서도 이 원소(元宵)를 먹을 것을 생각하며
그들이 아득하니 슬펐을 듯이
나도 떡국을 놓고 아득하니 슬플 것이로다
아, 이 정월(正月) 대보름 명절인데
거리에는 오독독이 탕탕 터지고 호궁(胡弓)소리 삘뺼 높아서
내 쓸쓸한 마음엔 자꼬 이 나라의 녯 시인(詩人)들이 그들의 쓸쓸한 마음들이 생각난다
내 쓸쓸한 마음은 아마 두보(杜甫)나 이백(李白) 같은 사람들의 마음인지도 모를 것이다
아모려나 이것은 녯투의 쓸쓸한 마음이다

Self-Portrait with Eyelid Pulled Down
1910

Town End(Krumau House Bend lll)
1913~1908

십자가

윤동주

쫓아오던 햇빛인데
지금 교회당 꼭대기
십자가에 걸리었습니다.

첨탑(尖塔)이 저렇게도 높은데
어떻게 올라갈 수 있을까요.

종소리도 들려오지 않는데
휘파람이나 불며 서성거리다가,

괴로웠던 사나이
행복한 예수 그리스도에게
처럼
십자가가 허락된다면

모가지를 드리우고
꽃처럼 피어나는 피를
어두워가는 하늘 밑에
조용히 흘리겠습니다.

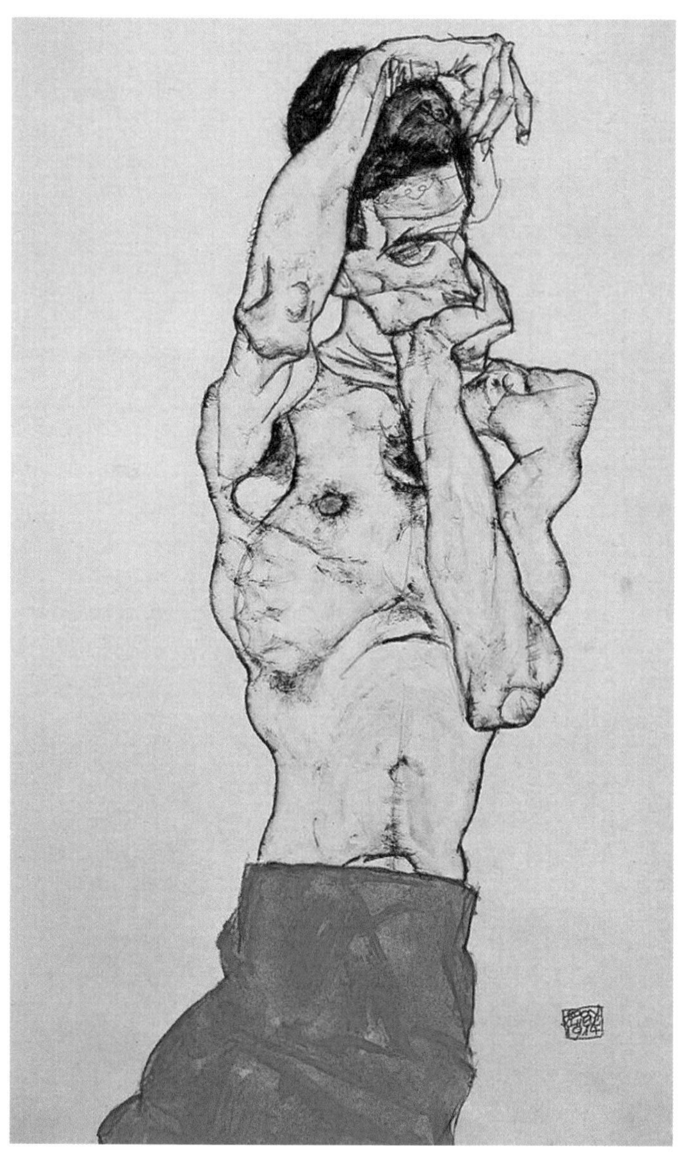

Standing Male Nude with a Red Loincloth
1914

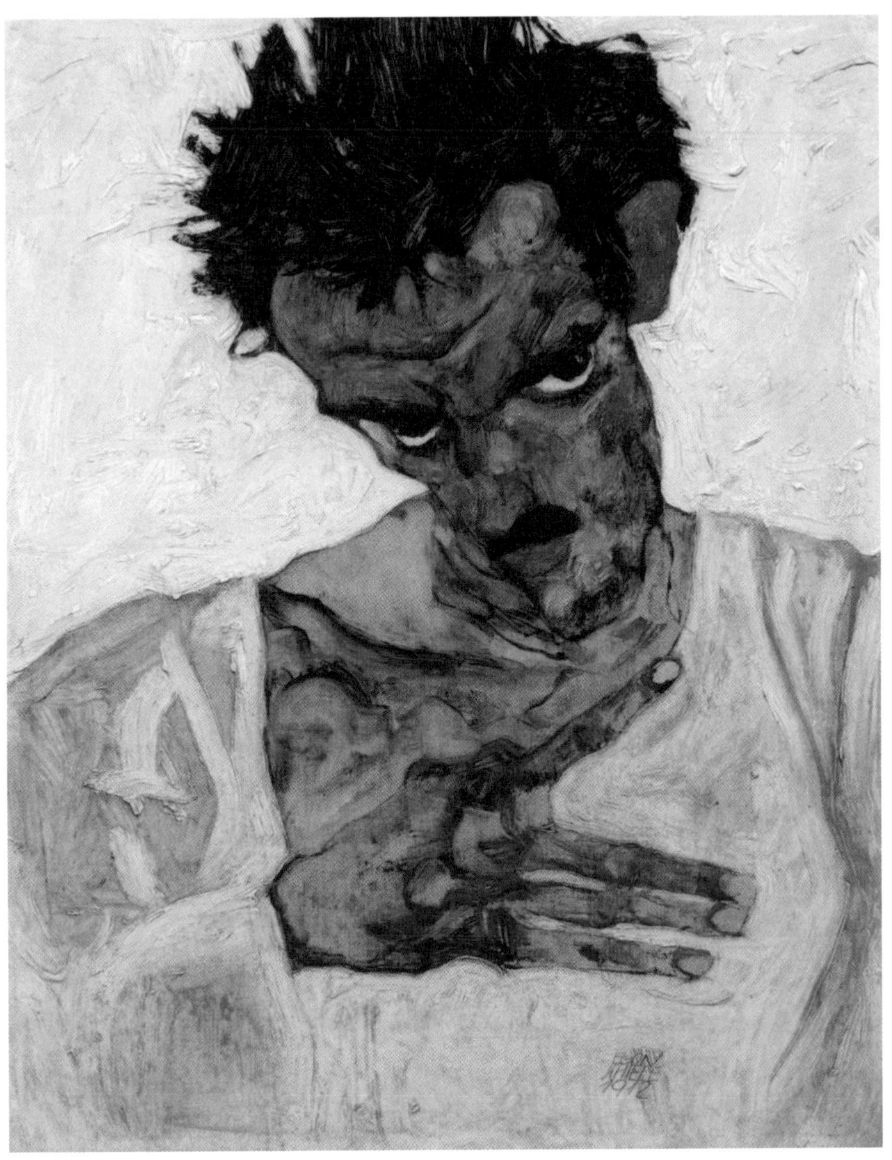

Self-Portrait with his Head Down
1912

산협(山峽)의 오후(午後)

윤동주

내 노래는 오히려
섦은 산울림.

골짜기 길에
떨어진 그림자는
너무나 슬프구나.

오후(午後)의 명상(瞑想)은
아ㅡ 졸려.

Setting Sun
1913

House with Shingle Roof(Old House II)
1915

달도 보았으니
나는 세상에 대해
이만 말 줄임

가가노 지요니

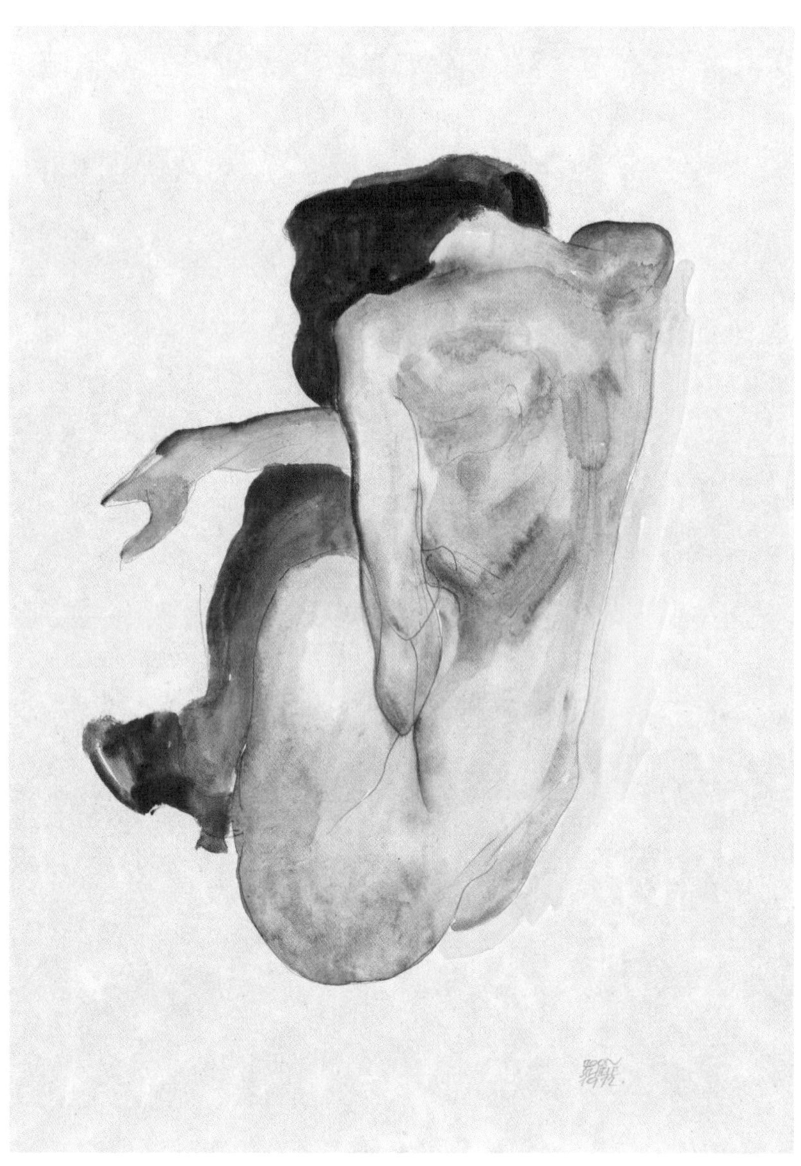

Crouching Nude in Shoes and Black Stockings, Back View
1912

Seated Nude Girl Clasping her Left Knee
1918

시계

권환

찬 빗방울이 탁탁 때린다
등불이 깜박깜박

품속에서 나온 니켈 시계
내 체온같이 따뜻하구나

손바닥 위서 혼자 가거라
등불 밑에서 혼자 가거라

마지막 버스도 사라졌건만
기다리는 별은 뵈지 않네

가련다 검은밤을 따라서
비 젖은 내 니켈 시계와 함께

Self Portrait in Lavender and Dark Suit, Standing
1914

Self-Portrait with a Peacock Waistcoat, Standing
1911

남신의주 유동 박시봉방(南新義州 柳洞 朴時逢方)

백석

어느 사이에 나는 아내도 없고, 또,
아내와 같이 살던 집도 없어지고,
그리고 살뜰한 부모며 동생들과도 멀리 떨어져서,
그 어느 바람 세인 쓸쓸한 거리 끝에 헤매이었다.
바로 날도 저물어서,
바람은 더욱 세게 불고, 추위는 점점 더해 오는데,
나는 어느 목수(木手)네 집 헌 삿을 깐,
한 방에 들어서 쥔을 붙이었다.
이리하여 나는 이 습내 나는 춥고, 누긋한 방에서,
낮이나 밤이나 나는 나 혼자라도 너무 많은 것같이 생각하며,
딜옹배기에 북덕불이라도 담겨 오면,
이것을 안고 손을 쬐며 재 우에 뜻없이 글자를 쓰기도 하며,
또 문 밖에 나가디두 않구 자리에 누워서,
머리에 손깍지벼개를 하고 굴기도 하면서,
나는 내 슬픔이며 어리석음이며를 소처럼 연하여 쌔김질하는 것이었다.
내 가슴이 꽉 메어 올 적이며,
내 눈에 뜨거운 것이 핑 괴일 적이며,
또 내 스스로 화끈 낯이 붉도록 부끄러울 적이며,
나는 내 슬픔과 어리석음에 눌리어 죽을 수밖에 없는 것을 느끼는 것이었다.
그러나 잠시 뒤에 나는 고개를 들어,
허연 문창을 바라보든가 또 눈을 떠서 높은 턴정을 쳐다보는 것인데,
이때 나는 내 뜻이며 힘으로, 나를 이끌어 가는 것이 힘든 일인 것을 생각하고,

이것들보다 더 크고, 높은 것이 있어서, 나를 마음대로 굴려 가는 것을 생각하는 것인데,
이렇게 하여 여러 날이 지나는 동안에,
내 어지러운 마음에는 슬픔이며, 한탄이며, 가라앉을 것은 차츰 앙금이 되어 가라앉고,
외로운 생각만이 드는 때쯤 해서는,
더러 나줏손에 쌀랑쌀랑 싸락눈이 와서 문창을 치기도 하는 때도 있는데,
나는 이런 저녁에는 화로를 더욱 다가 끼며, 무릎을 꿇어 보며,
어니 먼 산 뒷옆에 바우섶에 따로 외로이 서서,
어두워 오는데 하이야니 눈을 맞을, 그 마른 잎새에는,
쌀랑쌀랑 소리도 나며, 눈을 맞을,
그 드물다는 굳고 정한 갈매나무라는 나무를 생각하는 것이었다.

Man Bending Down Deeply
1914

Schiele's Room in Neulengbach
1911

기다리는 봄

윤곤강

지붕도 나무도 실개울도
죄다아 얼어붙은 밤과 밤
봄은 아득히 머언데
싸락눈이 혼자서 나리다 말다……
밤이 지새면 추녀 끝엔
수정 고드름이 두 자 석 자……
흉칙한 가마귀떼 울음소리와
울부짖는 된바람의 휘파람 뒤에
따스한 햇살이 푸른 하늘에 빛나
마침내 삼단같이 기인 햇살로
아침 해 둥두렷이 솟아오면,
장미의 술 속에 나비 벌 취하고
끊인 사람의 실줄은 맺어지리

Houses in Winter(View from the Studio)
1907~1908

Seated Woman with Bent Knee
1917

새벽이 올 때까지

윤동주

다들 죽어가는 사람들에게
검은 옷을 입히시오.

다들 살어가는 사람들에게
흰 옷을 입히시오.

그리고 한 침실(寢室)에
가즈런히 잠을 재우시오.

다들 울거들랑
젖을 먹이시오.

이제 새벽이 오면
나팔소리 들려 올 게외다.

Prozession
1911

The Hermits
1912

팔복(八福)
— 마태복음(福音) 오장(五章) 삼(三)-십이(十二)

윤동주

슬퍼하는 자는 복이 있나니
슬퍼하는 자는 복이 있나니
슬퍼하는 자는 복이 있나니
슬퍼하는 자는 복이 있나니
슬퍼하는 자는 복이 있나니
슬퍼하는 자는 복이 있나니
슬퍼하는 자는 복이 있나니
슬퍼하는 자는 복이 있나니

저희가 영원(永遠)히 슬플 것이오.

Standing Male Nude
1910

Self-Portrait in an Orange Jacket
1913

달 좇아

조명희

이 밤의 저 달빛이 야릇이도
왜 그리 사람의 마음을 흔드는지
가없이 가없이 서리고 아파라.

아아, 나는 달의 울음을 좇아 한없이 가련다.
가다가 지새는 달이 재를 넘기면
나도 그 재 위에 쓰러지리라.

Woman in Dressing Gown
1913

Standing while Combing
1909

이별

윤동주

눈이 오다 물이 되는 날
잿빛 하늘에 또 뿌연내, 그리고
크다란 기관차는 빼-액- 울며,
조고만 가슴은 울렁거린다.

이별이 너무 재빠르다, 안타깝게도,
사랑하는 사람을,
일터에서 만나자 하고-,
더운 손의 맛과 구슬 눈물이 마르기 전
기차는 꼬리를 산굽으로 돌렸다.

Single Houses(Houses with Mountain)
1915

Four Trees
1917

묻지 마오

장정심

웨 우는가? 묻지 마시오
나도 모르고 우는 울음이니
뉘라서 알 사람이 도모지 없이
울어야만 시원할 내 울음이오

웨 웃는가? 묻지 마시오
나도 모르게 공연히 기쁘니
참을 수 없는 웃음이기에
대답도 없이 웃었든 것이오

Portrait of Wally Neuzil
1912

Female Nude Lying on her Stomach
1917

고배(苦盃)

노자영

이 세상 괴로움 많아 고해(苦海)라 이름 하거니
눈물 한숨 쓰린 잔을 나인들 피하리요!
뜻 같지도 않은 이 한세상을 울고 갈까 합니다.

어깨에 매인 짐 이다지도 아픈 것이
웃어본 적 있거니와 울어본 적 더 많어라
한(恨)은 길고 낙(樂)은 짧아서
눈물 지우고 갈 것을
한번 오고 또 못 오는 이 짧은 한세상에
어이다 이다지도 불운만이 오는 것을
울고 불면 무엇 하리요, 운명일까 합니다.

Self-Portrait with Black Vase and Spread Fingers
1911

Self-Portrait with Striped Sleeves
1915

시인 소개

권환

權煥. 1903~1954. 경상남도 창원 출생. 1930년대 초 프로문학의 볼셰비키화를 주도한 대표적인 사회주의적 성격의 활동을 많이 한 시인이자 비평가다. 1925년 일본 유학생 잡지 《학조》에 작품을 발표하였고, 1929년 《학조》 필화사건으로 또 다시 구속되었다. 이 시기 일본 유학중인 김남천, 안막, 임화 등과 친교를 맺으며 카프(KAPF) 동경지부인 무신자사에서 활약하는 등 진보적 지식인의 면모를 보였다. 1930년 임화 등과 함께 귀국, 이른바 카프의 소장파로서 구카프계인 박영희, 김기진 등을 따돌리고 카프의 주도권을 장악하였다.

김소월

金素月. 1902~1934. 일제 강점기의 시인. 본명은 김정식(金廷湜)이지만, 호인 소월(素月)로 더 널리 알려져 있다. 본관은 공주(公州)이며 1934년 12월 24일 평안북도 곽산 자택에서 33세 나이에 음독자살했다. 그는 서구 문학이 범람하던 시대에 민족 고유의 정서를 노래한 시인이라고 평가받고 서정적인 시로 오늘날까지도 많은 사랑을 받고 있다. 〈진달래꽃〉 〈금잔디〉 〈엄마야 누나야〉 〈산유화〉 외 많은 명시를 남겼다. 한 평론가는 "그 왕성한 창작적 의욕과 그 작품의 전통적 가치를 고려해볼 때, 1920년대에 있어서 천재라는 이름으로 불릴 수 있는 거의 유일한 시인이었음을 알 수 있다."고 평가했다.

김영랑

金永郞. 1903~1950. 시인. 본관은 김해(金海). 본명은 김윤식(金允植). 영랑은 아호인데 《시문학(詩文學)》에 작품을 발표하면서부터 사용하기 시작하였다. 초기 시는 1935년 박용철에 의하여 발간된 『영랑시집』 초판의 수록시편들이 해당되는데, 여기서는 자연에 대한 깊은 애정이나 인생 태도에 있어서의 역정(逆情)·회의 같은 것은 찾아볼 수 없다. '슬픔'이나 '눈물'의 용어가 수없이 반복되면서 그 비애의식은 영탄이나 감상에 기울지 않고, '마음'의 내부로 향해져 정감의 극치를 이루고 있다. 그의 초기 시는 같은 시문학동인인 정지용 시의 감각적 기교와 더불어 그 시대 한국 순수시의 극치를 보여주고 있다. 그러나 1940년을 전후하여 민족항일기 말기에 발표된 〈거문고〉〈독(毒)을 차고〉〈망각(忘却)〉〈묘비명(墓碑銘)〉 등 일련의 후기 시에서는 그 형태적인 변모와 함께 인생에 대한 깊은 회의와 '죽음'의 의식이 나타나 있다.

노자영

盧子泳. 1898~1940. 시인·수필가. 호는 춘성(春城). 출생지는 황해도 장연(長淵) 또는 송화군(松禾郡)으로 전해지고 있지만 정확한 것은 알 수가 없다. 평양 숭실중학교를 졸업하고 고향의 양재학교에서 교편 생활을 한 적이 있으며, 1919년 상경하여 한성도서주식회사에 입사하였다. 1935년에는 조선일보사 출판부에 입사하여《조광(朝光)》을 맡아 편집하였다. 1938년에는 기자 생활을 청산하고 청조사(青鳥社)를 직접 경영한 바 있다. 그의 시는 낭만적 감상주의로 일관되고 있으나 때로는 신선한 감각을 보여주기도 한다. 산문에서도 소녀 취향의 문장으로 명성을 떨쳤다.

박용철

朴龍喆. 1904~1938. 시인. 문학평론가. 번역가. 전라남도 광산(지금의 광주광역시 광산구) 출신. 아호는 용아(龍兒). 배재고등보통학교를 거쳐 일본에서 수학하였다. 일본 유학 중 김영랑을 만나 1930년《시문학》을 함께 창간하며 문학에 입문했다. 〈떠나가는 배〉 등 식민지의 설움을 드러낸 시로 이름을 알렸으나, 정작 그는 이데올로기나 모더니즘은 지양하고 대립하여 순수문학이라는 흐름을 이끌었다. 〈밤기차에 그대를 보내고〉〈싸늘한 이마〉〈비 내리는 날〉 등의 순수시를 발표하며 초기에는 시작 활동을 많이 했으나, 후에는 주로 극예술연구회의 회원으로 활동하면서 해외 시와 희곡을 번역하고 평론을 발표하는 활동을 하였다. 1938년 결핵으로 요절하여 생전에 자신의 작품집은 내지 못하였다.

박인환

朴寅煥. 1926~1956. 강원도 인제군 인제면 상동리에서 출생했다. 평양 의학 전문학교를 다니다가 8·15 광복을 맞으면서 학업을 중단, 종로 2가 낙원동 입구에 서점 마리서사(茉莉書肆)를 개업했다. 한국전쟁이 일어나자 9·28 수복 때까지 지하생활을 하다가 가족과 함께 대구로 피난, 부산에서 종군기자로 활동했다. 조선청년문학가협회 시부가 주최한 '예술의 밤'에 참여하여 시 〈단층(斷層)〉을 낭독하고, 이를 예술의 밤 낭독시집인 『순수시선』(1946)에 발표함으로써 등단했다. 〈거리〉〈남풍〉〈지하실〉 등을 발표하는 한편 〈아메리카 영화시론〉을 비롯한 많은 영화평을 썼고, 1949년엔 김경린, 김수영 등과 함께 5인 합동시집『새로운 도시와 시민들의 합창』을 발간하여 본격적인 모더니즘의 기수로 주목받기 시작했다. 1955년『박인환 시선집』을 간행하였고 그 다음 해인 1956년에 31세의 나이에 심장마비로 자택에서 별세하였다. 혼란한 정국과 전쟁 중에도, 총 173편의 작품을 남기고 타계한 박인환은, 암울한 시대의 절망과 실존적 허무를 대변했으며, 그가 사망한 지 20년 후인 1976년에 시집『목마와 숙녀』가 간행되었다.

백석

白石. 1912~1996. 일제 강점기와 조선민주주의인민공화국의 시인이자 소설가, 번역문학가. 본명은 백기행(白夔行)이며 본관은 수원(水原)이다. '白石(백석)'과 '白奭(백석)'이라는 아호(雅號)가 있었으나, 작품에서는 거의 '白石'을 쓰고 있다.

평안북도 정주(定州) 출신. 오산고등보통학교를 마친 후, 일본에서 1934년 아오야마학원 전문부 영어사범과를 졸업하였다. 부친 백용삼과 모친 이봉우 사이의 3남 1녀 중 장남으로 출생했다. 부친은 우리나라 사진계의 초기인물로《조선일보》의 사진반장을 지냈다. 모친 이봉우는 단양군수를 역임한 이양실의 딸로 소문에 의하면 기생 내지는 무당의 딸로 알려져 백석의 혼사에 결정적인 지장을 줄 정도로 당시로서는 심한 천대를 받던 천출의 소생으로 알려져 있다.

1930년《조선일보》신년현상문예에 1등으로 당선된 단편소설「그 모(母)와 아들」로 등단했고, 몇 편의 산문과 번역소설을 내며 작가와 번역가로서 활동했다. 실제로는 시작(時作) 활동에 주력했으며, 1936년 1월 20일에는 그간《조선일보》와《조광(朝光)》에 발표한 7편의 시에, 새로 26편의 시를 더해 시집『사슴』을 자비로 100권 출간했다. 이 무렵 기생 김진향을 만나 사랑에 빠졌고 이때 그녀에게 '자야(子夜)'라는 아호를 지어주었다. 이후 1948년《학풍(學風)》창간호(10월호)에 〈남신의주 유동 박시봉방(南新義州 柳洞 朴時逢方)〉을 내놓기까지 60여 편의 시를 여러 잡지와 신문, 시선집 등에 발표했으나, 분단 이후 북한에서의 활동은 정확히 알려진 것이 없다. 백석은 자신이 태어난 마을과 마을 사람들 그리고 주변 자연을 대상으로 시를 썼다. 작품에는 평안도 방언을 비롯하여 여러 지방의 사투리와 고어를 사용했으며 소박한 생활 모습과 철학적 단면이 시에 잘 드러나 있다. 그의 시는 한민족의 공동체적 친근성에 기반을 두었고 작품의 도처에는 고향의 부재에 대한 상실감이 담겨 있다.

변영로

卞榮魯. 1898~1961. 시인, 영문학자, 대학 교수, 수필가, 번역문학가. 신문학 초창기에 등장한 신시의 선구자로서, 압축된 시구 속에 서정과 상징을 담은 기교를 보였다. 민족의식을 시로 표현하고 수필에도 재능이 있었다. 그의 시작 활동은 1918년《청춘》에 영시 〈코스모스(Cosmos)〉를 발표하면서부터 시작되었는데 당시에는 천재시인이라는 찬사를 받기도 하였다. 그의 작품들은 부드럽고 정서적이어서 한때 시단의 주목을 받았으며, 작품 기저에는 민족혼을 일깨우고자 한 의도도 깔려 있었다. 대표작 〈논개〉가 널리 알려져 있다.

심훈

沈熏. 1901~1936. 소설가·시인·영화인. 1933년 장편『영원(永遠)의 미소(微笑)』를《조선중앙일보(朝鮮中央日報)》에 연재하였고, 단편「황공(黃公)의 최후(最後)」를 탈고하였다(발표는 1936년 1월 신동아). 1934년 장편『직녀성(織女星)』을《조선중앙일보》에 연재하였으며 1935년 장편『상록수(常綠樹)』가《동아일보》창간15주년 기념 장편소설 특별공모에 당선, 연재되었다.『동방의 애인』『불사조』등 두 번에 걸친 연재 중단사건과 애국시 〈그날이 오면〉에서 알 수 있듯이 그의 작품에는 강한 민족의식이 담겨 있다.『영원의 미소』에는 가난한 인텔리의 계급적 저항의식, 식민지 사회의 부조리에 대한 비판정신, 그리고 귀농 의지가 잘 그려져 있으며 대표작『상록수』에서는 젊은이들의 희생적인 농촌사업을 통하여 강한 휴머니즘과 저항의식을 고취시킨다.

오장환

吳章煥. 1918~?. 충북 보은 태생. 경기도 안성으로 이주하여 1930년 안성보통학교를 졸업하였고, 휘문고보를 중퇴한 후 잠시 일본 유학을 했다. 그의 초기 시는 서자라는 신분

적 제약과 도시에서의 타향살이, 그에 따른 감상적인 정서와 관념성이 형상화되었다. 1936년《조선일보》《낭만》등에 발표한 〈성씨보〉〈향수〉〈성벽〉〈수부〉등이 이런 경향을 잘 보여주고 있다. 1937년에 시집『성벽』, 1939년에『헌사』를 간행하였다. 그의 시작 전체에는, 고향에 대한 그리움이 일관되게 나타난다. 오장환의 작품에서 그리움은, 도시의 신문물을 비판적으로 바라보는 비판 정신이기도 하고, 어떤 때는 고향과 육친에 대한 그리움, 또한 광복 이후 조국 건설에 대한 지향이기도 하다.

윤곤강

尹崑崗, 1911~1949. 충청남도 서산 출생의 시인이다. 본명은 붕원(朋遠). 1933년 일본 센슈 대학을 졸업했으며, 1934년《시학(詩學)》동인의 한 사람으로 문단에 등장했다. 초기에는 카프의 한 사람으로 시를 썼으나 곧 암흑과 불안, 절망을 노래하는 퇴폐적 시풍을 띠게 되었고 풍자적인 시를 썼다. 그의 시는 초기에 하기하라 사쿠타로와 보들레르의 영향을 받았고, 해방 후에는 전통적 정서에 대한 애착과 탐구로 기울어지기 시작하였다. 시집으로『빙하』『동물시집』『살어리』『만가』등이 있고, 시론집으로『시와 진실』이 있다.

윤동주

尹東柱. 1917~1945. 일제강점기의 저항(항일)시인이자 독립운동가. 아명은 해환(海煥). 만주 북간도의 명동촌에서 태어났으며, 기독교인인 할아버지의 영향을 받았다. 1931년(14세)에 명동소학교를 졸업하고, 한때 중국인 관립학교인 대랍자(大拉子)소학교를 다니다 가족이 용정으로 이사하자 용정에 있는 은진중학교에 입학하였다. 1935년에 평양의 숭실중학교로 전학하였으나, 학교에 신사참배 문제가 발생하여 폐쇄당하고 말았다. 다시 용정에 있는 광명학원의 중학부로 편입하여 거기서 졸업하였다. 1941년에는 서울의 연희전문학교 문과를 졸업하고, 일본으로 건너가 도쿄에 있는 릿쿄 대학 영문과에 입학하였다가, 다시 1942년, 도시샤 대학 영문과로 옮겼다. 학업 도중 귀향하려던 시점에 항일운동을 했다는 혐의로 일본 경찰에 체포되어(1943. 7), 2년형을 선고받고 후쿠오카 형무소에서 복역하였다. 그러나 복역 중 건강이 악화되어 1945년 2월에 생을 마감하고 말았다. 유해는 그의 고향 용정에 묻혔다. 한편, 그의 죽음에 관해서는 옥중에서 정체를 알 수 없는 주사를 정기적으로 맞은 결과이며, 이는 일제의 생체실험의 일환이었다는 주장도 제기되고 있다.

15세 때부터 시를 쓰기 시작하여 첫 작품으로 〈삶과 죽음〉 〈초한대〉를 썼다. 발표 작품으로는 만주의 연길에서 발간된 《가톨릭 소년》지에 실린 동시 〈병아리〉(1936. 11) 〈빗자루〉(1936. 12) 〈오줌싸개 지도〉(1937. 1) 〈무얼 먹구사나〉(1937. 3) 〈거짓부리〉(1937. 10) 등이 있다. 연희전문학교 시절 작품으로는 《조선일보》에 발표한 산문 〈달을 쏘다〉, 교지 《문우》지에 게재된 〈자화상〉 〈새로운 길〉이 있다. 그리고 그의 유작인 〈쉽게 쓰여진 시〉가 사후에 《경향신문》에 게재되기도 하였다(1946). 그의 절정기에 쓰인 작품들을 1941년 연희전문학교를 졸업하던 해에 '하늘과 바람과 별과 시'라는 제목으로 발간하려 하였으나 뜻을 이루지 못하였다. 그의 자필 유작 3부와 다른 작품들을 모아 친구 정병욱과 동생 윤일주가, 사후에 그의 뜻대로 1948년, 『하늘과 바람과 별과 시』라는 제목으로 출간했다.

29년의 짧은 생애를 살았지만 특유의 감수성과 삶에 대한 고뇌, 독립에 대한 소망이 서려 있는 작품들로 인해 대한민국 문학사에 길이 남은 전설적인 문인이다. 2017년 12월 30일, 탄생 100주년을 맞이했다.

이병각

李秉珏. 1910~1941. 이병각은 카프가 해체된 시기인 1935~1936년, 평론, 산문, 시에 이르는 장르의 경계를 넘나들며 자유롭게 작품활동을 하였지만, 요절하여, 그 활동 기간은 카프 해소 이후 10여 년뿐이다. 현실도피적인 성향인 데다 후두결핵으로 문단활동도 활발하게 하지 못하였다. 그는 병든 몸으로 직접 한지에다 모필로 시집을 묶었는데, 그 첫 장에는 '가장 괴로운 시대에 나를 나허주신 어머님게 드리노라'(1940. 2)라고 쓰여 있다.

이상화

李相和. 1901~1943. 시인. 경상북도 대구 출신. 7세에 아버지를 잃고, 14세까지 가정 사숙에서 큰아버지 이일우의 훈도를 받으며 수학하였다. 18세에 경성중앙학교(지금의 중앙중·고등학교) 3년을 수료하고 강원도 금강산 일대를 방랑하였다. 1917년 대구에서 현진건, 백기만, 이상백과 《거화(炬火)》를 프린트판으로 내면서 시작 활동을 시작하였다. 21세에는 현진건의 소개로 박종화를 만나 홍사용·나도향·박영희 등과 함께 '백조(白潮)' 동인이 되어 본격적인 문단 활동을 시작하였다. 그의 후기 작품 경향은 철저한 회의와 좌절의 경향을 보여주는데 그 대표적 작품으로는 〈역천(逆天)〉(시원, 1935) 〈서러운 해조〉(문장, 1941) 등이 있다. 문학사적으로 평가하면, 어떤 외부적 금제로도 억누를 수 없는 개인의 존엄성과 자연적 충동(情)의 가치를 역설한 이광수의 논리의 연장선상에 놓여 있는 '백조파' 동인의 한 사람이다. 동시에 그 한계를 뛰어넘은 시인으로, 방자한 낭만과 미숙성과 사회개혁과 일제에 대한 저항과 우월감에 가득한 계몽주의와 로맨틱한 혁명사상을 노래하고, 쓰고, 외쳤던 문학사적 의의를 보여주고 있다.

이용악

李庸岳. 1914~1971. 시인. 함경북도 경성 출생. 고향에서 보통학교를 졸업한 후 1936년 일본 조치 대학 신문학과에서 수학했다. 1935년 3월 〈패배자의 소원〉을 처음으로 《신인문학》에 발표하면서 작품활동을 시작했다. 같은 해 〈애소유언(哀訴遺言)〉 〈너는 왜 울고 있느냐〉 〈임금원의 오후〉 〈북국의 가을〉 등을 발표하는 등 왕성하게 창작활동을 했으며, 《인문평론(人文評論)》지의 기자로 근무하기도 했다. 1937년 첫 번째 시집 『분수령』을 발간하였고, 이듬해 두 번째 시집 『낡은 집』을 도쿄에서 간행하였다. 그는 초기, 소년시절의 가혹한 체험, 고학, 노동, 끊임없는 가난, 고달픈 생활인으로서의 고통 등 자신의 체험을 뛰어난 서정시로 읊었다. 이러한 개인적 체험을 일제 치하 유민(遺民)의 참담한 삶과 궁핍한 현실로 확대시킨 점에 이용악의 특징이 있다. 1946년 광복 후 조선문학가동맹의 시 분과 위원으로 활동하면서 《중앙신문》 기자로 생활했다. 이 시기에 시집 『오랑캐꽃』을 발간했다.

이장희

李章熙. 1900~1929. 시인. 본명은 이양희(李樑熙), 아호는 고월(古月). 대구 출신. 1920년에 이장희(李樟熙)로 개명하였으나 필명으로 장희(章熙)를 사용한 것이 본명처럼 되었다. 문단의 교우 관계는 양주동, 유엽, 김영진, 오상순, 백기만, 이상화 등 극히 제한되어 있었다. 세속적인 것을 싫어하여 고독하게 살다가 1929년 11월 대구 자택에서 음독자

살하였다.

이장희의 전 시편에 나타난 시적 특색은 섬세한 감각과 시각적 이미지, 그리고 계절의 변화에 따른 시적 소재의 선택에 있다. 대표작 〈봄은 고양이로다〉는 다분히 보들레르와 같은 발상법을 바탕으로 하고 있는데 '고양이'라는 한 사물이 예리한 감각으로 조형되어 생생한 감각미를 보이고 있다. 이 시는 작자의 순수지각(純粹知覺)에서 포착된 대상인 고양이를 통해서 봄이 주는 감각을 집약적으로 표현하고 있다. 1920년대 초반의 시단은 퇴폐주의·낭만주의·자연주의·상징주의 등 서구 문예사조에 온통 휩싸여 퇴폐성이나 감상성이 지나치게 노출되어 있었음에도 불구하고, 그의 시는 섬세한 감각과 이미지의 조형성을 보여주고 있다. 바로 뒤를 이어 활동한 정지용과 함께 한국시사에서 새로운 시적 경지를 개척하였다.

장정심

張貞心. 1898~1947. 시인. 개성에서 태어났다. 호수돈여자고등보통학교를 마치고 서울로 와서 이화학당유치사범과와 협성여자신학교를 졸업하고 감리교여자사업부 전도사업에 종사하였다. 1927년경부터 시작을 시작하여 많은 작품을 신문과 잡지에 발표했다. 기독교계에서 운영하는 잡지 《청년(靑年)》에 발표하면서부터 등단했다. 1933년 한성도서주식회사에서 간행한 『주(主)의 승리(勝利)』는 그의 첫 시집으로 신앙생활을 주제로 하여 쓴 단장(短章)으로 엮었다. 1934년 경천애인사(敬天愛人社)에서 출간된 제2시집 『금선(琴線)』은 서정시·시조·동시 등으로 구분하여 200수 가까운 많은 작품을 수록하고 있다. 독실한 신앙심을 바탕으로 한 맑고 고운 서정성의 종교시를 씀으로써 선구자적 소임을 다한 여류 시인으로 높이 평가되고 있다.

정지용

鄭芝溶. 1902~1950. 대한민국의 대표적 서정 시인이다. 충청북도 옥천군 옥천면 하계리에서 한의사인 정태국과 정미하 사이에서 맏아들로 태어났다. 연못의 용이 하늘로 올라가는 태몽을 꾸었다고 하여 아명은 지룡(池龍)이라고 하였다. 당시 풍습에 따라 열두 살에 송재숙과 결혼했으며, 1914년 아버지의 영향으로 로마 가톨릭에 입문하여 '방지거(方濟各, 프란치스코)'라는 세례명을 받았다.

정지용은 섬세하고 독특한 언어를 구사하며, 생생하고 선명한 대상 묘사에 특유의 빛을 발하는 시인이다. 한국현대시의 신경지를 열었다는 평가를 받고 있으며, 이상을 비롯하여 조지훈·박목월 등과 같은 청록파 시인들을 등장시키기도 했다. 그는 휘문고보 재학 시절《서광》창간호에 소설『삼인』을 발표하였으며, 일본 유학시절에는 대표작이 된〈향수〉를 썼다. 1930년에 시문학 동인으로 본격적인 문단활동을 했고, 구인회를 결성하고, 문장지의 추천위원으로도 활동했다. 해방 이후에는《경향신문》의 주간으로 일하며 대학에도 출강했는데, 이화여대에서는 라틴어와 한국어를, 서울대에서는 시경을 강의했다. 1950년 한국전쟁이 일어난 뒤에는 김기림·박영희 등과 함께 서대문형무소에 수용되었고, 이후 납북되었다가 사망하였다. 사망 장소와 시기는 정확히 확인되지 않았는데, 1953년 평양에서 사망했다고 알려져 있다.

주요 저서로는『정지용 시집』『백록담』『지용문학독본』등이 있다. 그의 고향 충북 옥천에서는 매년 5월에 지용제를 개최하고 있으며, 1989년부터는 시와 시학사에서 정지용문학상을 제정하여 매년 시상하고 있다.

조명희

趙明熙. 1894~1938. 조선에서 태어난 소비에트 연방의 작가. 조선 충청북도 진천군에서 출생하였다. 세 살 때 부친을 여의고, 서당과 진천 소학교를 다녔으며, 서울 중앙 고보를 중퇴하고 북경 사관학교에 입학하려다가 일경에게 붙잡혔다. 3·1 운동에 참가하여 투옥되기도 하였다. 1923년에 희곡「파사」를 발표하고, 1924년에는 시집『봄 잔디밭 위에』를 출판했다. 이 시기의 희곡이나 시는 종교적 신비주의·낭만주의의 색채가 짙었던 것으로 평가받고 있다. 1928년 소련으로 망명하여, 소련작가동맹 원동지부 지도부에서 근무했다. 하바로브스크의 한 중학교에서 일하며 동포 신문인《선봉》과 잡지《노력자의 조국》의 편집을 맡기도 하였다. 1937년 가을 스탈린 정부의 스탈린 숙청 시절에 '인민의 적'이란 죄명으로 체포되어 1938년 4월 15일에 사형언도를 받고 5월 11일 소비에트 연방 하바로브스크에서 총살되었다.

한용운

韓龍雲. 1879~1944. 일제 강점기의 시인, 승려, 독립운동가. 본관은 청주. 호는 만해(萬

海)다. 불교를 통해 혁신을 주장하며 언론 및 교육 활동을 했다. 1931년 김법린 등과 청년승려비밀결사체인 만당(卍黨)을 조직하고 당수로 취임했다. 한용운은 교우관계에 있어서도 좋고 싫음이 분명하여, 친일로 변절한 시인들에 대해서는 막말을 하는가 하면 차갑게 모른 체했다고 한다.

그는 작품에서 퇴폐적인 서정성을 배격하였으며 조선의 독립 또는 자연을 부처에 빗대어 '님'으로 형상화했으며, 고도의 은유법을 구사했다. 1918년《유심》에 시를 발표하였고, 1926년〈님의 침묵〉 등의 시를 발표하였다.〈님의 침묵〉에서는 기존의 시와, 시조의 형식을 깬 산문시 형태로 시를 썼다. 소설가로도 활동하여 1930년대부터는 장편소설 『흑풍(黑風)』『철혈미인(鐵血美人)』『후회』『박명(薄命)』 단편소설 「죽음」 등을 비롯한 몇 편의 장편, 단편 소설들을 발표하였다.

허민

許民. 1914~1943. 시인·소설가. 경남 사천 출신. 본명은 허종(許宗)이고, 민(民)은 필명이다. 허창호(許昌瑚), 일지(一枝), 곡천(谷泉) 등의 필명을 썼고, 법명으로 야천(野泉)이 있다. 허민의 시는 자유시를 중심으로 시조, 민요시, 동요, 노랫말에다 성가, 합창극에까지 이르는 다양한 갈래에 걸쳐 있다. 시의 제재는 산, 마을, 바다, 강, 호롱불, 주막, 물귀신, 산신령 등 자연과 민속에 속하며, 주제는 막연한 소년기 정서에서부터 농촌을 중심으로 민족 현실에 대한 다채로운 깨달음과 질병(폐결핵)에 맞서 싸우는 한 개인의 실존적 고독 등을 표현하고 있다. 시 〈율화촌(栗花村)〉은 단순한 복고취미로서의 자연애호에서 벗어나 인정이 어우러진 안온한 농촌공동체를 형상화함으로써 시적 비전을 제시하고자 하였다.

황석우

黃錫禹, 1895~1959. 시인. 김억, 남궁벽, 오상순, 염상섭 등과 함께 1920년《폐허》의 동인이 되어 상징주의 시 운동의 선구적인 역할을 하였다. 이듬해에는 박영희, 변영로, 노자영, 박종화 등과 함께 동인지《장미촌》의 창단동인으로 활동했으며, 1929년에는 동인지《조선시단》을 창간하였다. 그의 시 중 〈벽모의 묘〉는 상징파 시의 영향을 받은 것으로 평가되고 있다. 황석우는 우리 문학사에 있어서 중요한 위치를 점하고 있으며, 한

때 그의 작품에 퇴폐적인 어휘가 많이 쓰인 것으로 인하여, 그를 세기말적 분위기에 싸인 《폐허》 동인의 대표격으로 평가하기도 한다.

라이너 마리아 릴케

Rainer Maria Rilke. 1874~1926. 독일의 시인. 보헤미아 프라하 출생. 1886~1890년까지 아버지의 뜻을 좇아 장크트 텐의 육군실과학교를 마치고 메리시 바이스키르헨의 육군고등실과학교에 적을 두었으나, 시인적 소질이 풍부한데다가 병약한 릴케에게는 군사학교의 생활은 정신적으로나 육체적으로나 견디기 힘들었다. 1891년에 신병을 이유로 중퇴한 후, 20세 때인 1895년 프라하 대학 문학부에 입학하여 문학수업을 하였고, 뮌헨으로 옮겨 간 이듬해인 1897년 루 안드레아스 살로메를 알게 되어 깊은 영향을 받았는데, 1899년과 1900년 2회에 걸쳐서 루 안드레아스 살로메와 함께 러시아를 여행한 것이 시인으로서 릴케의 새로운 출발을 촉진하였고, 그의 진면목을 떨치게 한 계기가 되었다. 1900년 8월 말 두 번째 러시아 여행에서 돌아온 뒤, 독일 보르프스베데로 화가 친구를 찾아갔다가 거기서 여류조각가 C. 베스토프를 알게 되었고, 이듬해 두 사람은 결혼했다. 1902년 8월 파리로 가서 조각가 로댕의 비서가 되어 한집에 기거하면서 로댕 예술의 진수를 접한 것은 릴케의 예술에 커다란 영향을 주었다. 제1차세계대전 후 어느 문학 단체의 초청을 받아 스위스로 갔다가 그대로 거기서 영주하였다.

만년에는 세르 근처의 산중에 있는 뮈조트의 성관(城館)에서 고독한 생활을 했다. 『두이노의 비가(Duineser Elegien)』나 『오르페우스에게 부치는 소네트(Die Sonette an Orpheus)』 같은 대작이 여기에서 만들어졌다. 1926년 가을의 어느 날 그를 찾아온 이집트의 여자 친구를 위하여 장미꽃을 꺾다가 가시에 찔린 것이 화근이 되어 패혈증으로 고생하다가 그해 12월 29일 51세를 일기로 생애를 마쳤다.

크리스티나 로세티

Christina Georgina Rossetti. 1830~1894. 영국 런던의 샬럿 가 38번지에서 태어났다. 부친은 이탈리아 중부 지방인 아브루초에서 런던으로 정치 망명한 이탈리아 시인 가브리엘레 로세티였고 모친은 바이런과 셸리의 친구이며 내과 의사이자 작가인 존 윌리엄 폴리도리의 여동생 프랜시스 폴리도리였다. 막내딸인 그녀에게는 두 명의 오빠와 한 명의 언니가 있었는데, 오빠 단테 가브리엘 로세티는 빅토리아조 후기 예술가들의 문예 운동인 라파엘 전파(Pre-Raphaelite Brotherhood)를 결성하고 이를 주도적으로 이끈 화가이자 시인이었고, 또 다른 오빠 윌리엄 마이클 로세티와 언니 마리아 프란체스카 로세티는 작가였다. 영국의 대표적인 여류 시인 중 한 명이다. 어린 시절부터 시를 몹시 좋아하였다. 그녀의 작품은 세련된 시어, 확실한 운율법, 온아한 정감이 만들어내는 시경 등으로 신비적·종교적 분위기를 자아냈다. 종교적 이유에 의한 두 차례의 실연으로 결혼을 단념하였으며, 그녀의 작품 중 연애시의 대부분은 좌절된 사랑의 기록이다.

가가노 지요니

加賀千代尼. 1703~1775. 여성 시인. 원래 이름은 '지요조(千代女)'이나 불교에 귀의했기 때문에 '지요니'라고 불린다. 나팔꽃 하이쿠로 친숙하다. 바쇼의 제자 시코가 어린 지요니의 재능을 발견하고 문단에 소개함으로써 이름이 알려졌다.

고바야시 잇사

小林一茶. 1763~1828. 고바야시 잇사는 일본 에도 시대 활약했던 하이카이시(俳諧師, 일본 고유의 시 형식인 하이카이, 즉 유머러스한 내용의 시를 짓던 사람)다. 15세 때 고향 시나노를 떠나 에도를 향해 유랑 길에 올랐다. 그 과정에서 소바야시 지쿠아로부터 하이쿠(俳句) 등의 하이카이를 배웠다. 잇사는 39세에 아버지를 여읜 뒤, 계모와 유산을 놓고 다투는 등 어려서부터 역경을 겪은 탓에 속어와 방언을 섞어 생활감정을 표현한 구절을 많이 남겼다.

기노 쓰라유키

紀貫之. 868(?)~946. 헤이안 시대 전기의 가인이다. 기노 모치유키의 아들로, 890년대부터 문인으로 활동했다. 젊은 시절에는 일본의 가가(加賀), 미노(美濃), 도사(土佐) 등의 지방 수령으로 여러 곳을 옮겨 다녔다. 교토에서 몇몇 직위를 거친 후에, 도사 지방의 지방관으로 임명되어 930년부터 935년까지 재직했다. 도사를 다녀와서 도사에서 느낀 여러 가지 감회를 일기로 적은『도사 일기(土佐日記)』라는 작품은 일본 일기 문학의 효시로 일컬어진다.

젊은 시절부터 와카에 뛰어나 많은 작품을 남겼으며, 개인 와카집인『쓰라유키집(貫之集)』이 남아 있다. 905년 다이고 천황의 명령으로 기노 도모노리, 오시코치노 미쓰네, 미부노 다다미네와 함께『고금와카집』을 편찬했다.『고금와카집』에는 102수의 작품이 실려 있다.『고금와카집』에 실려 있는 전체 작품수가 1,100수라는 점을 감안할 때 그의 작품이 얼마나 중요한 위상을 차지하고 있는지 알 수 있다.

다이구 료칸

大愚良寛. 1758~1831. 에도시대의 승려이자 시인. 무욕의 화신, 거지 성자로 불리는 일본의 시승이다. 시승이란 문학에 밝아, 특히 시 창작에서 뛰어난 역량을 발휘한 불교 승려를 지칭하는 말이다. "다섯 줌의 식량만 있으면 그것으로 족하다."라는 말이 뜻하듯 인간이 보여줄 수 있는 무욕과 무소유의 최고 경지를 몸으로 실천하며 살았다. 료칸은 살아가는 방도로 탁발, 곧 걸식유행(乞食遊行)을 한 것으로 유명하다. 일본 곳곳에 세워진 그의 동상 역시 대개 탁발을 하는 형상이다. 료칸은 떠돌이 생활을 하면서도 시를 써가며 내면의 행복을 유지하며 청빈을 실천했고, 그의 철학관은 시에 그대로 담겨 있다.

다카하마 교시

高浜虛子. 1874~1959. 하이쿠 시인. 소설가. 에히메현 마츠야마시 출신. 본명 기요시. 교시는 마사오카 시키(正岡子規)로부터 받은 호. 시키의 영향으로 언문일치의 사생문을 썼으며, 소세키에게 자극을 받아 사생문체로 된 소설을 쓰기 시작해 여유파의 대표적 작가로 유명해졌다. 메이지 40년대(1907)부터 소설에 주력하여 하이쿠 활동이 일시적으로 중단된 적이 있다. 1911년 4~5월에 조선을 유람하고, 7월에『조선』을 신문에 연재한 후 1912년 2월에 단행본으로 간행했다. 1937년 예술원 회원. 1940년 일본하이쿠작가협회 회장. 1954년 문화훈장 수장. 1959년 4월 8일 85세를 일기로 사망. 대표적인 소설로『풍류참법(風流懺法)』(1907)『배해사(俳諧師)』(1908)『조선』(1912)『감 두 개』(1915) 등이 있다.

마쓰오 바쇼

松尾芭蕉. 1644~1694. 하이쿠의 완성자이며 하이쿠의 성인, 방랑미학의 창시자로 불린다. 마쓰오 바쇼는 에도 시대 전기에 해당하는 1644년 일본 남동부 교토 부근의 이가 우에노에서 하급 무사 겸 농부의 아들로 태어났다. 본명은 마쓰오 무네후사이고, 어렸을 때 이름은 긴사쿠였다. 아버지가 일찍 세상을 뜨자 곤궁한 살림으로 인해 바쇼는 19세에 지역의 권세 있는 무사 집에 들어가 그 집 아들 요시타다를 시봉하며 지냈다. 두 살 연상인 요시타다는 하이쿠에 취미가 있어서 교토의 하이쿠 지도자 기타무라 기긴에게 사사하는 중이었다. 친동생처럼 요시타다의 총애를 받은 바쇼도 이것이 인연이 되어 하이쿠의 세계를 접하고 기긴의 가르침을 받게 되었다.

언어유희에 치우친 기존의 하이쿠에서 탈피해 문학적인 하이쿠를 갈망하던 이들이 바쇼에게서 진정한 하이쿠 시인의 모습을 발견했고, 산푸, 기카쿠, 란세쓰, 보쿠세키, 란란 등 수십 명의 뛰어난 젊은 시인들이 바쇼의 문하생으로 모임으로써 에도의 하이쿠 문단은 일대 전기를 맞이했다. 부유한 문하생들의 후원으로 문학적으로나 경제적으로나 안정된 생활도 보장되었다. 37세에 '옹'이라는 경칭을 들을 정도로 하이쿠 지도자로서 성공적인 삶을 누렸으나 이내 모든 지위와 명예를 내려놓고 작은 오두막에 은둔생활을 하고 방랑 생활을 하다 길 위에서 생을 마감했다.

요사 부손

与謝蕪村. 1716~1784. 에도 시대의 하이쿠 시인. 본명 다니구치 노부아키. 요사 부손은 고바야시 잇사, 마쓰오 바쇼와 함께 하이쿠의 3대 거장으로 분류된다. 일본식 문인화를 집대성한 화가이기도 하다. 예술가가 되기 위하여 집을 떠나 여러 대가들에게 하이쿠를 배웠다. 회화에서는 하이쿠의 정취를 적용해 삶의 리얼리티를 해학적으로 표현했으며, 하이쿠에서는 화가의 시선으로 사물을 섬세하게 묘사해 아름답고 낭만적이면서도 생생하게 시작을 했다.

평소에 마쓰오 바쇼를 존경하여, 예순의 나이에 편찬한 『파초옹부합집(芭蕉翁附合集)』의 서문에 "시를 공부하려면 우선 바쇼의 시를 외우라."고 적었다. 부손에게 하이쿠와 그림은 표현 양식만이 다를 뿐 자신의 감성을 표출하는 수단이었다. 그가 남긴 그림 〈소철도(蘇鐵圖)〉는 중요지정문화재이며, 교토의 야경을 그린 〈야색루태도(夜色樓台圖)〉도 유명하다. 이케노 다이가와 공동으로 작업한 〈십편십의도(十便十宜圖)〉 역시 대표작으로 꼽힌다.

이케니시 곤스이

池西言水. 1650~1722. 에도 시대 시대 중기의 하이쿠 시인. 마쓰오 바쇼와 교유하였고, 교토에서 활약했다. 당시 그는 시대의 새로운 바람을 추구하는 급진적 하이쿠 시인이었다. '초겨울 찬바람 끝은 있었다, 바다소리'라는 시구의 유행으로 '고가라시 곤스이(木枯しの言水)'로 불렸다는 일화는 유명하다.

화가 소개

칼 라르손

Carl Larsson. 1853~1919. 스웨덴의 사실주의 화가이자 인테리어 디자이너. 스톡홀름에서 태어났으며 집안이 매우 가난하여 불우한 어린 시절을 보냈다. 열세 살 때 학교 선생님의 설득으로 스톡홀름 미술 아카데미(Stockholm Academy of Fine Arts)에 들어갔으며 1869년에는 엔티크 스쿨(Antique School)에서 공부하였다. 이후 파리로 건너가 프랑스풍의 부드러운 빛깔로 두텁게 칠한 수채화 작품을 많이 그렸다.

스웨덴 왕립 미술아카데미에서 수학한 라르손은 1882년 파리 외곽에 있는 스칸디나비아 예술가들의 거주지 그레 쉬르 루앙(Grez-sur-Loing)에서 스웨덴 미술가 단체에 가입했다. 그곳에서 그는 장차 그의 아내가 될 미술가 카린 베르게를 만났다. 둘은 결혼해 여덟 명의 아이를 낳았다. 1888년 라르손은 장인이 순트보른의 리틀 휘트네스에 마련해 준 집으로 가족을 데리고 이사했다. 1888년 순트보른으로 이주하면서 자신의 집을 예술가적인 취향으로 꾸며 그곳에서 가족들과 평화롭고 소박한 전원생활을 하였다. 작품도 전원생활을 주제로 한 아름답고 장식성이 강한 그림들을 그려 화제를 모았다. 라르손의 그림에는 부인과 아이들이 자주 등장하며, 따뜻하고 아늑하며 평화로운 가정의 모습을 담은 작품들로 유명하다.

그를 가장 유명하게 만들고 출판계를 놀라게 했던 작품은 바로 『해 뜨는 집』(1895)이라는 책의 삽화였다. 그러나 라르손은 자신의 가장 중요한 작품으로 공공건물에 그린 커다란 크기의 벽화들을 꼽았다. 그중에서도 〈한겨울의 희생(Midwinter Sacrifice, 스웨덴어: Midvinterblot)〉은 자신 생애 최고의 작품이라고 했다. 스웨덴 역사에서 중요한 사건과 인물들을 주제로 그린 이 그림은 스톡홀름의 국립미술관을 장식하고 있다.

작품을 통해 보여준 그의 개성은 스웨덴의 대표적인 가구 브랜드인 이케아(IKEA)의 정신적 모토가 되었고, 현재 미술시장에서 그의 작품은 5억 원을 호가하는 가치를 지니며, 시대를 뛰어넘어 높은 예술성을 인정받고 있다.

라르손은 수많은 삽화들을 비롯하여 많은 작품을 남겼는데, 〈10월(October)〉(1882) 〈커다란 자작나무 아래서의 아침식사(Breakfast under the Big Birch)〉(1894~1899) 〈한겨울의 희생〉(1914~1915) 등이 잘 알려져 있다.

클로드 모네

Oscar-Claude Monet. 1840~1926. 프랑스의 화가. 파리 출생. 소년 시절을 르아브르에서 보냈으며, 18세 때 그곳에서 화가 로댕을 만나, 외광(外光) 묘사에 대한 초보적인 화법을 배웠다. 19세 때 파리로 가서 아카데미 스위스에 들어가, 피사로와 어울렸다. 1862년부터는 전통주의 화가 샤를 글레르 밑에서 쿠르베나 마네의 영향을 받아 인물화를 그렸지만 2년 후 화실이 문을 닫게 되자, 친구 프리데리크 바지유와 함께 인상주의의 고향이라 불리는 노르망디 옹플뢰르에 머물며 자연을 주제로 한 인상주의 화풍을 갖춰나갔다.

1874년 파리로 돌아온 모네는 바지유와 함께 작업실을 마련하여, '화가·조각가·판화가·무명 예술가 협회전'을 개최하고 여기에 12점의 작품을 출품하여 호평을 받았다. 출품된 작품 중 〈인상·일출(Impression, Soleil Levant)〉이라는 작품의 제목에서, '인상파'라는 이름이 모네를 중심으로 한 화가집단에 붙여졌다. 이후 1886년까지 8회 계속된 인상파전에 5회에 걸쳐 많은 작품을 출품하여 대표적 지도자로 위치를 굳혔다.

한편 1878년에는 센 강변의 베퇴유, 1883년에는 지베르니로 주거를 옮겨 작품을 제작하였고, 만년에는 저택 내 넓은 연못에 떠 있는 연꽃을 그리는 데 몰두하였다. 작품은 외광을 받은 자연의 표정을 따라 밝은색을 효과적으로 구사하고, 팔레트 위에서 물감을 섞지 않는 대신 '색조의 분할'이나 '원색의 병치(併置)'를 이행하는 등, 인상파 기법의 한 전형을 개척하였다. 자연을 감싼 미묘한 대기의 뉘앙스나 빛을 받고 변화하는 풍경의 순간적 양상을 그려내려는 그의 의도는 〈루앙대성당〉〈수련(睡蓮)〉 등에서 보듯이 동일주제를 아침, 낮, 저녁으로 시간에 따라 연작한 태도에서도 충분히 엿볼 수 있다. 이 밖에 〈소풍〉〈강〉 등의 작품도 널리 알려져 있다. 말년에는 백내장으로 고통 받았으나 이로 인해 더 따뜻하고 붉은 색조가 그의 그림에 나타나게 되었고, 세부 표현이 더 흐릿해지며 추상적인 느낌이 강해졌다. 1926년 12월 5일, 86세의 나이로 세상을 떠났다.

에곤 실레

Egon Schiele. 1890~1918. 오스트리아의 화가. 클림트의 표현주의적인 스타일을 발전시켰다. 공포와 불안에 떠는 인간의 육체를 묘사하고, 성적인 욕망을 주제로 다루어 20세기 초, 빈에서 커다란 논란을 일으켰다. 〈죽음과 소녀(Death and Girl)〉는 실레의 걸작 중 하나로 꼽힌다. 구스타프 클림트의 친구이자 피후견인이었던 에곤 실레는 클림트의 표현주의적인 선들을 더욱 발전시켜 공포와 불안에 떠는 인간의 육체를 묘사하고, 자신의 성적인 욕망을 주제로 다뤘다. 빈 공간을 배경으로 툭툭 튀어나온 뼈가 도드라져 보일 정도로 앙상하게 마르고 고통스러운 모습을 한 실레의 자화상은 고뇌하는 미술가의 전형을 보여주는 듯하다. 실레의 도시 풍경화들은 역동적이며, 인파로 넘쳐나는 도시 모습의 이면에는 묘한 긴장감이 감춰져 있음에도 불구하고 묘한 매력을 지니고 있다. 실레가 그린 장인의 초상에서 알 수 있듯이, 그가 그린 초상화들은 감정이입의 표현이 훌륭하며, 가장 뛰어난 초상화 작품들에 속한다. 실레는 열여섯 살에 빈 미술 아카데미에 들어가지만, 그곳의 교육이 케케묵고 인습적이라고 생각되어 곧 그만두었다. 그는 몇몇 친구들과 함께 '신미술가협회'를 창립했다. 그 후 그는 여인들과 소녀들의 누드화를 적나라할 정도로 솔직하고 생생하게 묘사한 드로잉을 제작하기 시작했다. 이 드로잉들은 실레가 크루마우로 이주한 후인 1911년에 문제가 되기도 했다. 그는 모델이자 동거녀였던 발레리 발리 노이칠과의 자유분방한 생활과 미성년자들을 모델로 그린 그림들 때문에 크루마우에서 추방당하게 되었다. 노이렝바흐에서는 더욱 이해받지 못했다. 1912년 실레는 그곳에서 어린 모델들을 데려다가 부도덕적인 그림을 그렸다는 죄목으로 잠시 동안 유치장에 수감되기도 했다.

1915년 실레는 발리와의 동거 생활을 청산하고 에디트 하름스와 결혼했다. 1918년이 되자 실레는 지난 몇 년간에 비해 훨씬 더 안정된 삶을 살게 되었다. 아내인 에디트는 임신한 상태였다. 실레는 빈 분리파에서 엄청난 성공을 거두었으며, 그해에 사망한 클림트의 자리를 이어받았다. 이 시기에 그는 곧 태어날 아기를 기다리며 아버지가 된다는 기대감으로 〈가족(The Family)〉(1918)을 완성했다. 새롭게 발견한 희망을 보여주는 듯한 이 작품에서 실레와 아내, 아이는 모두 나체로 묘사되어 있으며 특히 인물들의 행복한 표정이 눈에 띈다. 하지만 같은 해 10월, 실레의 아내는 당시 유럽을 휩쓸던 스페인 독감에 걸려 사망했고, 아내와 뱃속의 아기를 잃고 슬퍼하던 실레도 스페인 독감으로 3일 뒤에 세상을 떠났다.

열두 개의 달 시화집
겨울 필사노트

초판 1쇄 인쇄 2024년 12월 30일
초판 1쇄 발행 2025년 1월 10일

시인 윤동주 외 31명
화가 칼 라르손 · 클로드 모네 · 에곤 실레
발행인 정수동
편집주간 이남경
편집 김유진
표지 디자인 Yozoh Studio Mongsangso

발행처 저녁달
출판등록 2017년 1월 17일 제406-2017-000009호
주소 경기도 파주시 문발로 142 니은빌딩 304호
전화 02-599-0625
팩스 02-6442-4625
이메일 book@mongsangso.com
인스타그램 @eveningmoon_book
ISBN 979-11-89217-41-9 03800

열두 개의 달 시화집 시리즈

1월 **지난밤에 눈이 소오복이 왔네** 클로드 모네 / 윤동주 외

2월 **나는 내 슬픔과 어리석음에 눌리어** 에곤 실레 / 윤동주 외

3월 **포근한 봄 졸음이 떠돌아라** 귀스타브 카유보트 / 윤동주 외

4월 **산에는 꽃이 피네** 파울 클레 / 윤동주 외

5월 **다정히도 불어오는 바람** 차일드 하삼 / 윤동주 외

6월 **이파리를 흔드는 저녁바람이** 에드워드 호퍼 / 윤동주 외

7월 **천둥소리가 저 멀리서 들려오고** 제임스 휘슬러 / 윤동주 외

8월 **그리고 지중지중 물가를 거닐면** 앙리 마티스 / 윤동주 외

9월 **오늘도 가을바람은 그냥 붑니다** 카미유 피사로 / 윤동주 외

10월 **달은 내려와 꿈꾸고 있네** 빈센트 반 고흐 / 윤동주 외

11월 **오래간만에 내 마음은** 모리스 위트릴로 / 윤동주 외

12월 **편편이 흩날리는 저 눈송이처럼** 칼 라르손 / 윤동주 외

스페셜 **동주와 빈센트** 빈센트 반 고흐 / 윤동주

스페셜 **백석과 모네** 클로드 모네 / 백석

세트 **열두 개의 달 시화집 계절편 4권**

열두 개의 달 시화집 일력 에디션 (스프링북. 매일 명화와 명시를 감상할 수 있는 만년 일력)

열두 개의 달 시화집 합본 에디션 (노출제본. 열두 개의 달 시화집 12권 합본집)

열두 개의 달 시화집 가을 필사노트

열두 개의 달 시화집 겨울 필사노트

열두 개의 달 시화집 봄 필사노트 (근간)

열두 개의 달 시화집 여름 필사노트 (근간)